첫째. 해외 독립운동의 역사를 탐구하고, 훼손된 유적 정화 활동!
둘째. UN참전국을 방문해 한국전쟁 참전용사들에게 감사함을 전하기!

호국영웅 따라 세계여행

ROTC 전역장교의 모터사이클 여행기

호국영웅 따라 세계여행

초판 1쇄 2021년 01월 12일

지은이 서명원
발행인 김재홍
디자인 이근택 김다윤
교정·교열 김진섭
마케팅 이연실

발행처 도서출판지식공감
등록번호 제2019-000164호
주소 서울특별시 영등포구 경인로82길 3-4 센터플러스 1117호(문래동1가)
전화 02-3141-2700
팩스 02-322-3089
홈페이지 www.bookdaum.com
이메일 bookon@daum.net

가격 15,000원
ISBN 979-11-5622-556-0 03810

CIP제어번호 CIP2020050987
이 도서의 국립중앙도서관 출판예정도서목록(CIP)은 서지정보유통지원시스템 홈페이지(http://seoji.nl.go.kr)와 국가자료공동목록시스템(http://www.nl.go.kr/kolisnet)에서 이용하실 수 있습니다.

호국영웅 따라
세계여행

│ 서명원 여행에세이 │

《ROTC 전역장교의 모터사이클 여행기》

러시아·몽골·카자흐스탄·키르기스스탄·우즈베키스탄·조지아·아제르바이잔·아르메니아

터키·그리스·불가리아·루마니아·헝가리·폴란드·체코·오스트리아·독일·리히텐슈타인·스위스

이탈리아·룩셈부르크·벨기에·네덜란드·프랑스·영국·에티오피아·호주·태국·필리핀

지식공감

CONTENTS

여행을 꿈꾸다

20대의 대부분을 군에서 보냈다. 당시 육군 대위였던 나는 파주에서 중대장 임무를 수행 중이었고, 지난 나의 20대는 군 생활과 부대원들이 전부였기에 열흘이 넘는 해외여행은 한 번도 꿈꿔보지 못했다. 2018년 3월, 지휘관께서 전역을 앞둔 나에게 기회를 주셨고 꿈을 향한 첫 도전이 시작되었다.

평소 여행을 꿈꾸던 호주에 가기로 했고 오페라하우스를 바라보며 마시는 와인 한 잔과 천혜의 자연환경 속에서 즐길 다양한 액티비티들은 상상만으로도 너무 설레었다. 하지만 호주로 향하는 것은 단지 휴가만을 즐기기 위함은 아니었다. 전역 후 한국전쟁 UN참전국 모두를 여행하고 싶다는 꿈을 꾸고 있었기 때문이다. 그러한 의미에서 호주 역시 한국전쟁에 참전하여 지금의 대한민국의 자유를 있게 해준 고마운 나라였다.

여행을 앞두고 첫발자국을 내딛을 생각에 가슴이 마구 뛰었다. 사실 이런 결정을 내리기까지는 쉽지 않았다. 군 전역을 앞두고 앞으로 내 젊음을 어떻게 살아가야 할까? 라는 두려움과 막막함 뿐이었던 나는 도전하는 삶으로 그 두려움을 극복하려 했다. 사실 어린 시절부터 군인의 삶만을 꿈꿔왔다. 아버지의 못다 이룬 꿈을 이루겠다는 마음에서 시작해 결국은 나의 꿈이 되었고, 실제 군 생활을 천직이라 여기며 살고 있었기에 군을 떠난 다른 삶에 대해 고민해 보지 않았다.

군인으로서의 사명을 다하던 26살 어느 날, 최전방 GOP 중대장이었던 나는 사고로 부하를 잃었고, 모든 것이 무너져 내렸다. 결국 고통 속에 3년의 중대장 생활을 더 이어갔지만 이미 몸도 마음도 망가져 있었다. 더 이상 무너져 내리는 나 자신이 싫어 발버둥 쳤지만 모두 허사로 돌아갔고 결국 전역을 결심하게 됐다. 당시에 나에게 힘을 줬던 것은 퇴근 후의 봉사활동이었다. 내가 임무수행 하던 지역 지자체의 도움을 받아 우연히 한국전쟁 참전 독거노인들의 집을 찾아다니는 개인 봉사를 시작했는데 돌보는 어르신들이 한 분 한 분 늘어갔고, 목숨 바쳐 나라를 구한 사명감으로 노년을 살고 계신 그분들은 후배 군인인 나를 너무도 예뻐하셨다.

나라를 위해 목숨 바쳐 싸우셨지만 얼마 되지 않는 참전명예수당만으로 힘든 노년을 보내고 계신 우리의 영웅들의 실상은 너무도 참담했다. 그중에는 3년 만에 나의 노력으로 집 밖에 처음 나오신 어르신도 계셨다. 어느 날 문득 다른 UN참전국들의 참전용사들의 실상이 궁금했고 무턱대고 그분들을 만나 지금의 대한민국의 자유를 지켜주셔서 감사하다는 말을 전하고 싶다는 생각이 들었다. 그런데 때마침 모터사이클로 유라시아대륙을 횡단하겠다는 ROTC 동기 '진묵'의 연락이 왔고, 그와 함께 한국전쟁 참전국을 포함한 유라시아횡단을 약속했다.

유럽지역의 UN참전국을 목표로 루트를 선정하다 보니 극동러시아 연해주 지역과 중앙아시아 지역에 대한 연구를 많이 하게 되었고, 자연스럽게 해외 독립운동의 역사와 고려인들의 강제이주 등에 대한 사실을 접하게 되었다. 우리는 그곳들을 찾아다니며 유적지를 청소하고 독립운동의 역사에 대해 공부하겠다는 추가적인 여행의 목표를 세우게 되었다.

첫째. 해외 독립운동의 역사를 탐구하고, 훼손된 유적 정화 활동하기!
둘째. UN참전국을 방문해 한국전쟁 참전용사들에게 감사함을 전하기!

유라시아 횡단을 하며 이 두 가지 목표를 수행하겠다는 목표를 세웠고, 과연 이 목표들을 해낼 수 있을까? 하는 두려움도 컸다. 하지만 여행의 설렘은 모든 걱정을 이겨내게 해 주었다.

여행의 출발을 나의 전역 직후로 정했고, 차근차근 여행 준비를 해나갔다. 여행의 출발은 1년이 넘게 남았기에 처음엔 준비 기간이 충분하다고 생각했지만, 여행에 준비할 것들이 너무나 많았다. 두 가지 콘텐츠에 대한 정보수집부터, 국가별 입국비자 및 모터사이클 관련 서류들, 여행루트 선정, 캠핑을 비롯한 의식주 문제까지 고민하고 준비해야 할 것들이 너무도 많았다. 우리는 대륙횡단의 수단을 기차나 자동차가 아닌 모터사이클로 선택했기 때문에 준비에 필요한 변수들이 더 많았다. 기왕 유라시아 대륙을 횡단하는 것이라면 자동차를 타고 사각의 유리창에 막힌 시야를 보며 달리는 것보다는 모터사이클을 타고 달리며 탁 트인 자연환경을 온몸으로 느끼고 싶다는 생각이었다. 여행에 적합한 모터사이클을 운전하기 위해 2종 소형 면허 취득을 했고, 모터사이클을 구입했다. 생전 타지 않았던 모터사이클의 주행 연습은 쉽지 않았지만 국내에서 모토캠핑을 하며 단련했다. 1년 뒤의 유라시아 대륙을 활보할 나를 상상하니 모든 과정이 설레기만 했다.

MISSION 1

—

해외 독립운동,
그 발자취를 찾아서

해외 항일독립운동의 성지 '연해주'

러시아

긴장 반, 설렘 반 출항의 날이 밝다

군 생활을 마무리한 경기도 파주에서 출발하여 유럽의 끝까지 달리는 유라시아 횡단 도전이 3일 앞으로 다가왔다. 출발에 앞서 안전과 가장 크게 직결되는 모터사이클의 상태를 점검했다. 다행히 문제는 없었고, 정비소에 들러 사장님께 약간의 경정비도 배웠다. 이제는 마음가짐을 최종 점검할 때다.

독립운동 유적과 UN참전국을 방문하는 도전에 앞서 결의를 다지기 위해 부천 안중근공원을 찾았다. 러시아 블라디보스토크에 도착하면 바로 러시아의 최남단의 안중근 장군님을 포함한 12인 애국 열사를 기리는 '단지동맹비'를 찾아 달릴 것이기에 같은 목적으로 만들어진 이곳은 결의를 다지기에 충분한 장소였다.

군 생활을 마무리한 파주에서 유라시아 대륙횡단의 첫 시동을 걸었고, 이번 여행의 동반자 '진묵'과 접선하여 동해항을 향해 달렸다. 동해항까지 달리는 길은 너무도 설레는 길이지만 긴장을 늦출 수는 없었다.

아직 무거운 짐을 싣고 달리기에는 경험이 많이 부족했고, 모터사이클 뿐만 아니라 '탈 것'은 아무리 안전하게 다루더라도 뜻밖의 위험에 노출되기 십상이라 온몸에 신경을 곤두세울 수밖에 없다.

동해항에 도착한 우리는 모터사이클을 훼리에 싣고, 배에 올랐다. 여행의 설렘과 긴장이 적절히 조화를 이루던 그날, 우리의 도전이 시작되었다. 훼리에서 자전거 여행자 '준학'을 만났는데 그는 일전에 미국을 자전거로 횡단한 경험이 있었고, 또다시 자전거로 유라시아 횡단을 도전하는 중이었다. 블라디보스토크에 도착 후 러시아 세관

에서 모터사이클을 되찾기 위해서는 3일 정도의 시간을 기다려야 했기에 배에서 만난 그와 우리는 자연스럽게 블라디보스토크를 함께 여행했다.

러시아 연해주 지역의 독립운동 사적지를 찾아다니기 위해서는 기동력이 필요했고, 세관에서 모터사이클을 찾기 전까지 블라디보스토크를 마음 편히 여행하기로 한 것이다. 금각교를 보기 위해 찾은 독수리 전망대에는 이미 많은 한국인 관광객들이 사진을 찍기 위해 줄을 서 있었다. 이 도시에는 수많은 한국인 관광객들이 있었기에 생각보다 이국적인 느낌이 덜했다.

3일 후 세관에서 모터사이클을 찾았고 블라디보스토크의 대표적인

호국영웅 따라 세계여행

관광지인 '아르바트거리'에 도착했다. 우리가 색다르게 보였는지 수많은 현지인들과 유럽의 배낭여행자들이 우리와 함께 사진을 찍고 싶다고 했다. 한국인 관광객 어르신들께서는 러시아에서 본 한국 모터사이클 번호판을 신기하게 쳐다보셨다. 독립운동의 발자취를 따라 여행 중이라는 우리의 말에 어떤 어르신은 기특하다며 용돈을 찔러주시기도 한다. 많은 사람들의 응원을 받고나자 우리의 본격적인 여행이 시작되었다는 것이 드디어 실감 났다.

신한촌을 가다

모터사이클을 타고 신한촌을 찾아 블라디보스토크 구석구석을 찾아 헤맸다. 이전부터 발해가 다스리던 땅인 이곳 연해주에서 신한촌을 방문하는 것은 대한민국의 관광객들에게 이제 필수 코스가 되었다. 1911년 한인들이 신한촌을 건설하기 이전인 1860년대부터 수많은 조선인들이 이곳으로 이주해 농사를 짓고 있었다. 이후 신한촌은 블라디보스토크 한인사회의 중심이었으며, 일제 치하 독립운동이 활발하게 이루어졌던 연해주독립운동의 본거지이기도 했다. 3·1운동 이후 연해주에서의 활발한 항일투쟁은 1920년 일제의 대대적인 보복으로 정체를 보였다. 결국 연해주 일대의 한인마을들은 일본군에 의해 무차별적인 습격을 받았고, 수많은 한인들이 희생되는 4월 참변이 일어났다. 이때 연해주 지역 대표적인 독립운동가 최재형 선생이 사살됨과 동시에 신한촌의 한인들만 해도 300여 명이 처참히 희생된 엄청난 비극이었다. 이후에도 러시아 당국과 일제의 탄압으로 어려움을 겪던 신한촌의 한인들은 1937년 스탈린으로부터 강제이주 되었고, 결국 이곳은 폐허로 변해갔다. 1999년 8월 한민족 연구소가 3·1 독립선언 80주년을 맞아 이곳을 기리기 위해 신한촌 기념비를 건립하였다. 이곳에 꼭 오고 싶었던 이유는 신한촌이 이러한 국외 독립운동의 성지였던 곳이었다는 사실과 더불어 이 기념비의 관리를 맡고 계신 고려인 4세 '이 베체슬라브' 선생님을 만나 뵙고 싶었기 때문이다. 많은 매체에서 이미 소개된 적 있는 선생님은 오랜 시간 이곳을 관리하기 위해 자원봉사 해 오신 분이다.

오래전 TV에서 선생님의 감동적인 이야기를 듣고는 눈물을 흘린 적이 있다. 그날 이후 나는 선생님을 꼭 찾아뵙고 감사함을 전하고 싶다는 생각을 줄곧 해왔고, 이곳에서 선생님을 찾아뵐 날을 손꼽아 기다렸다. 드디어 신한촌 기념비에 도착했다. 하지만 우리가 찾아온 선생님은 어디에도 계시지 않았고, 대신 어눌한 한국말로 기념비를 안내해 주시는 한 분이 계셨는데 바로 베체슬라브 선생님의 아내분이셨다.

선생님을 찾아뵙고자 이곳에 찾아온 우리의 사정을 말씀드린 후에야 사모님께선 선생님의 근황을 이야기해 주셨다. 몇 년 전과는 다르게 몸이 많이 쇠약해지신 선생님은 병원에서 지내고 있다고 하신다. 청천벽력 같은 소리였다. 너무 늦게 찾아온 것이 아닌가 하는 죄송함이 들었다. 베체슬라브 부부께서 이 중요한 기념비를 지켜 오신 노고에 너무 감사하여 고개가 절로 숙여졌다.

신한촌 기념비는 세 개의 큰 기둥으로 세워졌는데 중앙 기둥은 남한, 왼쪽 기둥은 북한, 오른쪽은 고려인을 상징하고, 세 개 기둥 아래 작은 비석들은 세계 해외동포를 의미한다.

이곳 외에도 신한촌의 터였던 곳들을 구석구석 찾아다녔지만 이 신한촌 기념비를 제외하고는 아무런 흔적도 찾을 수 없었다. 최초의 한인타운이라 볼 수 있는 신한촌에서 한인들의 숨결을 느낄 수 있는 유일한 장소가 된 것이다. 이 기념비가 아니라면 중요한 우리 역사의 한 부분이 잊혔을 것이라는 생각에 더욱 이곳이 소중하게 느껴졌다. 이곳을 지키기 위해 불편한 몸으로 오랜 세월 관리해 오신 노부부를 생각하니 너무 안타깝고 가슴이 아팠다. 병상에 누워계시는 이 베체슬라브 선생님께 "당신에게 감사하다는 말씀을 드리고 싶어 한국에서 찾아왔습니다."라는 말을 사모님께 대신 전해 달라는 부탁을 드렸다. 사모님은 밝은 얼굴로 우리를 배웅하셨지만 우리의 발걸음은 기념비 앞에서 쉽게 떨어지지 않았다.

안중근과 애국단지동맹

시베리아를 횡단하고자 하는 대부분의 한국 여행자들은 블라디보스토크를 시작으로 북쪽 하바롭스크를 향해 달린다. 우리 역시 앞으로 갈 길이 수천, 수만 km이기에 한시바삐 유럽을 향해 달리고 싶었다. 하지만 우리는 러시아의 최남단이자 북한의 최북단, 그리고 중국 땅이 만나는 크라스키노에 가기 위해 반대 방향인 남쪽으로 달렸다. 크라스키노에는 안중근 장군과 항일투사 11명이 모여 조국의 독립을 결의한 것을 기념해 세운 '단지동맹기념비'가 있기 때문이다.

본격적으로 러시아 도로를 달리기 시작한 첫날이 밝았다. 예상 밖의 엄청난 비가 내리기 시작했고, 마을은커녕 여관도 나오지 않는 도로를 무작정 달릴 뿐이었다. 비를 피할 마을이 나오기를 간절히 기도하며 크라스키노를 향하던 그때 해마저 떨어져 버렸고, 도로에는 '포트홀'이라 부르는 구덩이가 너무나도 위험천만하게 불쑥불쑥 나타나 우리를 위협했다. 한밤중이 되어서야 항구마을 슬라비얀카에 도착했다. 4개월에 걸친 유라시아 횡단 중 이 '첫날'이 가장 위험한 주행 중 하나였을 것이다. 날이 밝고 크라스키노에 도착하자 안중근 장군께서 우리를 환영하는 듯 비구름이 걷혔다. 한적한 시골마을에서 드디어 '단지동맹 기념비를' 만날 수 있었다.

단지동맹은 1909년 3월 안중근과 항일의 뜻을 함께하는 11명이 동의단지회同義斷指會를 결성하고 왼손 넷째 손가락 첫 관절을 잘라, 혈서로 '大韓獨立 대한독립'이라 쓰며 독립의 헌신을 다짐했던 이들을 말한다. 러시아와 북한 그리고 중국의 국경이 만나는 러시아의 어느 시골마을의 드넓은 들판 한가운데에서 단지동맹의 심벌마크가 새겨진 비석을 만났을 때의 감동은 말로 표현할 수 없었다. 지난 군 생활에서 태극기 다음으로 쉽게 접할 수 있는 심벌마크가 아닌가 싶을 정도로 나에게는 너무도 친근했다. 이 애국 단지의 상징물 주변에는 12명의 항일 동지들을 상징하는 12개의 기둥이 서 있었고, 사람의 손이 닿지 않았을 것이라는 예상과는 다르게 비교적 잘 관리 되고 있는 듯했다.

장군께서 이토 히로부미 저격 8개월 전인 1909년 2월 7일 11인의 애국열사와 함께 바로 이곳에서 손가락을 잘라 결의를 다졌을 것이다. 풀벌레 소리만 가득한 이곳의 아득함이 그 당시 그들의 결의와 오버랩 되어 보였고, 12명의 항일투사들께 경건한 마음으로 경례를 올렸다.

단지동맹 기념비에서의 감동을 뒤로한 채 우리는 왔던 길을 되돌아

다시 북쪽으로 향했고 해가 질 무렵 작은 항구마을인 자루비노에 도착했다. 바닷가에 외로이 떠있는 작은 북한 어선이 한 척 보인다. 지금은 갈 수 없는 북한땅과 멀지 않은 이곳까지 와서 다시 북쪽으로 되돌아가야 하는 현실이 더욱 아쉽게 느껴진다. 해변가에서 러시아 아주머니들이 평화롭게 해수욕을 즐기고 있었다. '추운 나라 러시아'라는 이미지 때문인지 따듯하지도 않은 수온에서도 해수욕을 즐기는 러시아 사람들이 뭔가 어색하게 느껴졌지만, 이곳이 러시아에서 가장 따듯한 최남단 해안가라는 생각에 그 모습들이 이해가 간다.

해안가에서 잘 곳을 찾아 두리번거리던 중 아주머니 한 분이 집으로 우리를 초대했다. 그곳에서 단란한 러시아 시골마을 어르신들의 정을 느낄 수 있었다. 야외 식탁에서 러시아 가정식을 현지 어르신들과 함께 즐겼고 말은 통하지 않지만 정 많은 한국 시골마을 어르신들의 그것과 크게 다르지 않다고 느껴졌다.

호국영웅 따라 세계여행

한국에서 급하게 출발하느라 하지 못 했던 군장검사를 시작했다. 군
장검사라는 표현이 거창할 수 있으나 한국에서 준비해 온 많은 양의
짐들을 사용빈도와 중요도에 따라 다시 분류하고 모터사이클의 여러
수납공간에 적재적소로 배치하는 과정이 나에게는 아직 군에서 하던
군장검사로만 느껴졌다. 러시아 어르신들은 그런 우리가 신기하기만 한
모양이다. 우리의 모습을 카메라에 담기 바쁜 그들의 얼굴에 웃음이
끊이지 않는다. 어르신들이 마련해 주신 숙소는 그들에 대한 고마움
때문인지 아늑하게만 느껴졌고, 노지 캠핑을 준비하던 우리에게는 5성
급 호텔 못지않은 숙소였다. 언어도 통하지 않는 러시아 어르신들의 배
려와 함께 뜻밖의 정을 느끼던 하루였다.

우수리스크 독립운동과 고려인

크라스키노에서 출발한 우리는 블라디보스토크를 지나 다음 목적지인 우수리스크에 도착했다. 우수리스크 또한 블라디보스토크와 함께 연해주 지역의 대표적인 독립운동의 역사가 스며들어있는 곳이다. 첫번째 목적지는 독립운동의 대부 최재형 선생의 생가였다. 연해주의 대표적 항일 독립운동가이며 전로한족중앙총회 명예회장으로 활동하였던 최재형 선생이 학살 전까지 거주했던 집이다. 이곳은 3·1운동 및 대한민국임시정부 수립 100주년을 맞아 국가보훈처에 의해 2019년에 독립운동기념관으로 재탄생 되었다. 최재형 선생의 삶과 그의 독립운동 공적을 중심으로 독립운동에 대한 자료들이 잘 정리되어 있어 연해주 지역을 여행하는 지인이 있다면 꼭 들르라고 권하고 싶은 곳이다.

　독립운동의 발자취를 찾아 이곳저곳을 달리고 있었다. 건장한 러시아 남자가 급하게 차를 우리 옆에 세우고 반갑다며 말을 걸어온다. 해외에서 모터사이클을 타고 달리다보면 남녀노소 정말 많은 사람들이 응원해주고, 어떤 이들은 집이나 모토클럽으로 초대해 준다. 하지만 그날의 우리는 아직 낯선 러시아 청년이 어색하기만 했다. 사실 여행 초기에는 말이 통하지 않는 외국인들의 관심은 조금 두렵기까지 했다. 대부분의 러시아 사람들은 영어를 하지 못 하기에 영어로 소통은 불가능했다. 답답했던 그는 입고 있는 티셔츠에 할리데이비슨 모터사이클 프린팅과, 자신의 차에 모토클럽 스티커를 보여주며 자신이 속한 모토클럽으로 가자고 했다. 그의 이름은 '이반', 클럽에서는 'SOUVENIR'라는 닉네임을 사용한다며 자신을 소개했다. 이후 수많은 나라의 지역 모토클럽들이 우리를 초대해줬고, 그는 우리 여행의 첫 번째 은인이 되었다.

모터사이클을 타고 그의 차를 따라 모토클럽으로 이동했고, 남성미 물씬 나는 그들의 아지트에 도착했다. 그가 준비해 준 러시아 만두를 먹으며 모토클럽의 활동사진들을 구경했고, 낯선 곳에서 모토브라더의 따뜻한 정을 느끼며 행복한 시간을 보냈다. 그는 우리에게 잘 곳이 없다면 모토클럽에서 쉬고 이동하기를 권했지만, 주인들이 없는 빈 모토클럽에서 쉴 만큼 우리가 염치없지는 않았다. 주변의 숙소를 구하기 위해 그와 다음을 기약했고, 준비해 온 여행명함과 철제 태극기 배지를 그에게 선물한 뒤 밖으로 향했다. 다음 날 이반에게 식사라도 한번 대접하고 싶은 마음에 연락했지만, 딸의 개학식에 가야 한다는 딸바보 아빠인 그와의 만남은 다시 성사되지 못했다. 아침이 밝고 본격적으로 우수리스크 지역 독립운동의 발자취를 찾아 나섰다. 먼저 러시아 혁명 이후 한인들의 진로 결정을 위한 전로한족회대표자 회의를 결성했던 전로한족중앙총회 결성지의 터를 찾았다. 1914년 2차 세계대전이 일어나자 시베리아 극동 지방이 제2의 전선이 되는 것을 우려한 제정러시아는 일본과 타협하여 한인들의 항일 독립운동을 탄압하였다. 그러나 제정러시아를 무너뜨린 1917년 2월 혁명과 볼셰비키 혁명이 일어나자 한인들은 침체하였던 항일 독립운동을 다시 전개하였다. 결국 한인대표 100여 명이 참가한 가운데 우수리스크에서 2차례의 대표자 회의를 열었고, 전로한족중앙총회 고려국민회 를 조직하였다. 우수리스크에 본부를 둔 전로한족중앙총회는 연해주 각 지역에 지방회를 설치하는 등 명실상부 러시아 한인의 최고자치기관이었다.

이곳 또한 항일 독립운동의 중요한 역사의 현장이라 생각했던 우리는 전로한족중앙총회 개최지를 찾기 위해 우수리스크 시내를 한참을 헤맸고, 현재 학교 운동장으로 변해있는 이곳을 찾을 수 있었다. 이곳은 러시아 내 소수민족인 귀화 한인들의 자치와 권리 신장에 기여했다. 하지만 비귀화 한인과 독립운동가들에게 결의권을 부여하지 않았으며, 일본과 우호관계를 맺은 내각을 지지하는 등 재러 한인 독립운동 단체임에도 항일운동에 소홀했다는 것은 큰 아쉬움으로 남는다.

이어서 고려인 역사관을 찾았다. 이곳을 찾은 것은 우리에게 정말 큰 의미였다. 극동 러시아인 연해주 지역 독립운동 발자취들을 찾은 뒤 중앙아시아까지 고려인들이 강제 이주되었던 동선을 따라가기 위한 루트를 고민 중이었기 때문이다. 이곳에서 고려인에 대해 더 깊이 이해할 수 있을뿐더러 여행 루트까지 세분화할 수 있게 된 것이다.

고려인 역사관은 1860년대부터 연해주 지역으로 이주한 고려인의 삶과 기억을 소개하는 공간이다. 고려인 문화센터는 연해주 일대의 고려인 이주 140주년을 기념하기 위하여 2009년 개관하였는데, 고려인들을 위한 문화시설이면서 동시에 연해주를 여행하는 관광객들이 찾는 필수 코스이기도 하다. 이주민의 역사와 이주 당시의 상황을 알 수 있는 박물관이 잘 관리되고 있어 우수리스크를 여행하는 한국인이라면 반드시 이곳에 들러서 우리 민족의 아픈 과거와 바른 역사를 알아가기를 권하고 싶다.

고려인 문화센터 앞에는 안중근 장군과 홍범도 장군을 기리는 기념비가 세워져 있다. 각각의 비석에 새겨진 '민족의 영웅'이라는 글귀가 눈에 들어온다. 이틀 전 '크라스키노'에서 만나 뵈었던 안중근 장군님을 다시 뵙게 되어 무척 반가운 마음에 다시 한번 경례를 올렸다. 옆에 계신 홍범도 장군님과는 장군님이 잠들어 계신 카자흐스탄의 크즐오르다에서 다시 한번 찾아뵐 것을 약속드리며 첫 인사를 드렸다.

　고려인 문화센터를 나와 우수리스크에 계시는 또 다른 독립운동가
인 '이상설 선생'을 뵙기 위해 이상설 유허비를 찾았다. 이상설 선생은
1906년 북간도 독립운동 근거지였던 용정에 서전서숙을 설립하여 이
주민들의 항일 민족정신을 고취시켰고, 이듬해 7월 고종의 밀지를 받
아 만국평화회의에 참석하기 위해 헤이그특사로 파견되었다. 그곳에서
이위종, 이준 열사와 함께 일본의 침략행위를 규탄하여 전 세계에 알
리려 하였으나 일본의 계략으로 참석을 거부당하였다. 1908년 연해주
로 망명한 뒤로는 항일의병부대인 십삼도의군을 창설과 독립운동 단체
인 성명회를 결성하셨고, 권업회 활동 또한 지도하셨다. 선생께서는 죽
기 전에 "조국 광복을 이루지 못했으니, 몸과 유품은 불태우고 제사도
지내지 말라"는 유언을 남기셨다. 조국의 광복을 보지 못하고 눈을 감
아야만 했던 선생의 간절함이 느껴졌다. 유언에 따라 우수리스크 시내
를 관통하는 수이푼 강가에 유해가 뿌려졌다. 선생의 업적을 기념하는

'이상설 유허비'가 이곳 수이푼 강가에 세워진 이유이기도 하다.

　유허비를 찾았다는 감동과 설렘은 잠시뿐이었다. 조국의 독립을 위한 선생의 고단했던 삶을 보여주듯이 유허비의 주변은 너무도 황량했고, 얼마 전 내린 폭우로 수이푼 강이 범람해 유허비가 강물에 잠겨 버려 그곳에 들어갈 수조차 없는 지경이었다. 사전 자료조사 때 다른 독립운동 유적에 비해 비교적 잘 관리되고 있다는 정보를 가지고 왔기 때문에 눈앞에 광경이 너무도 실망스러웠다. 이상설 유허비를 보기 위해 먼저 와 계시던 한국인 관광객들도 아쉬워하는 건 모두 마찬가지였고, 모두 아쉽게 그곳을 바라볼 뿐이었다. 저 멀리 보이는 강물에 잠긴 유허비는 다행히 범람했던 물의 수위가 내려가면서 바닥을 드러냈지만 두터운 진흙 펄이 유허비 주변을 모두 덮고 있었다. 가진 거라고는 건강한 몸밖에 없는 대한의 청년들이 이대로 보고만 있을 수는 없었다. 범람한 강을 건너 유허비의 상태를 확인해야겠다는 결심을 했다. 길가에서 라이딩 복장을 간편복으로 가볍게 갈아입었다. 물살이 빠르고 홍수로 불어난 강물의 수심이 얼마나 될지 알 수 없었기에 조심스러웠다. 먼저 물살이 약하고 수위가 낮은 안전한 경로를 찾아 유허비에 도달했다. 도착한 유허비 주변은 두터운 펄로 덮여 더 이상 제 기능을 하지 못하는 상태였다. 이곳의 상황을 알 리가 없었던 우리는 아무런 장비를 챙겨오지 못했지만 주변에서 구한 간단한 도구들로 펄을 걷어내기 시작했다. 이곳에 관광 온 한국인들을 실은 관광버스는 몇 대가 지나갈 정노로 많았지만 나시는 이는 아무도 없었고, 다음 코스로 이동할 뿐이었다. 그때 양 대표님을 만났다. 유허비 관광을 온 한국인들이 이상설 선생의 업적을 정확히 알 수 있는 문구가 없다는 현실에 속상했던 대표님은 이상설 선생님의 업적이 새겨진 동판을 설치하려 이곳에 왔다고 한다. 양 대표님은 펄을 제거할 수 있는 도구를 우수리스크 시내에서 사다 주셨고, 함께 펄 제거를 마친 후 그분이 가져온 동판을 설치하며 뜻깊은 시간을 보냈다. 반나절 만에 비교적 깨끗한 모습으로 돌아온 유허비를 바라보니 시원한 마음도 들었지만 이상설 선생님께 죄송한 마음이 더 크게 느껴졌다. 지속적인 관리가 필요하다는 생각에 오전에 방문했던 고려인 문화센터에 연락해 관리를 부탁드렸다. 홍수 이후의 훼손된 유허비에 대해 걱정하고 있었다는 담당자는 우리에게 거듭 고맙다고 했다. 다행히 평소 주기적으로 고려인 협회의 청년들이 관리해 오고 있다는 소식을 들으니 안심이 되었다.

호국영웅 따라 세계여행

뿌듯한 마음으로 숙소를 찾던 중 우수리스크 시내의 밤 골목에 험악한 분위기의 러시아 청년 10여 명이 모터사이클 옆에 삼삼오오 모여 대화를 나누고 있다. 이들이 말로만 듣던 러시아의 스킨헤드? 분위기가 범상치 않았지만 우리는 숙소가 급히 필요했고, '라이더는 형제다'라는 자신감으로 그 중앙으로 돌진했다. 예상대로 러시아 젊은이들은 모터사이클 여행자인 우리를 신기해하며 반겨주었다. 험악한 외모와 무서운 닉네임을 가진 CEM 묘지 과 HOOLIGAN 난동꾼, 깡패 이 특히 우리를 돕고 싶다며 적극적이었다. 그들의 할리데이비슨을 따라 우수리스크의 저렴한 숙소를 소개받았고 내일 다시 만날 것을 약속했다.

　다음 날 아침 셈과 훌리건을 다시 만났다. 간단한 모터사이클 경정비가 필요했던 우리에게 기술자를 소개시켜주기로 했기 때문이다. 우리 넷은 함께 식사를 마치고 간단한 정비를 받았다. 그들과의 이별을 아쉬워하며 마지막 인사를 하던 중 훌리건은 할리데이비슨 라이더의 상징의 하나인 가죽조끼에서 금속 배지를 떼어 나의 라이딩 재킷에 달아주었다. 나도 준비해 온 태극기 배지를 그들의 가슴에 달아주었다. 언젠가 다시 한번 우리와 도로를 달리고 싶다는 그들의 말에 나도 당신들을 한국으로 초대하고 싶다고 답했다. 연락처를 교환하며 그들과 석별의 정을 나눴다.

연해주 지역 독립운동에 대해 많은 공부를 할 수 있었고, 좋은 형제들을 만날 수 있었던 우수리스크를 떠나는 마지막 날 한·러 우정마을을 찾았다. 1990년도에 고르바초프가 종교자유법을 개정하고 소수민족들이 마음껏 움직이고 정착하며 살아갈 수 있도록 정책을 내놓게 되면서 중앙아시아의 많은 고려인들이 연해주로 이동했다. 이 무렵 대한주택공사와 동북아평화연대, 재외동포기금이 고려인들이 다시 살아갈 수 있는 정착촌을 만들기 위해 힘을 모으게 되었고, 러시아 당국에 땅을 요청하고 자금을 모아 건설한 것이 '한·러 우정마을'이다. 그러나 1997년도에 IMF로 인해 목표했던 460가구는커녕 31가구만 지어지게 되어 유명무실해지게 되고, 이런 사실을 모른채 중앙아시아에서 다시 연해주로 이주해온 고려인들은 난처한 상황이 되었을 것이다.

지금도 연해주에는 4~5만의 고려인들이 살고 있다. 풀이 무성한 우정마을 기념비의 모습이 너무도 쓸쓸해 보인다. 안타까운 마음에 잡초를 제거하고 달리네레첸스크로 향했다.

자유시 참변과 이만전투

우수리스크에서 하바롭스크의 중간 지점에 작은 시골마을인 달레네첸스크의 또 다른 이름은 이만이다. 이곳 이만은 한국독립운동사의 가장 뼈아픈 사건 중 하나라고 할 수 있는 자유시 참변이 일어난 자유시현 스보보드니로 이동하기 전 독립군들의 직전 집결지였다. 분산돼 있던 독립군 부대들이 힘을 합쳐 단일한 조직 아래 항일투쟁을 벌이려 했던 것이다. 봉오동 전투, 청산리 전투 등에서 독립군에게 참패를 당한 일본군은 한국독립군 토벌작전을 대대적으로 단행했고, 간도의 한인 마을을 습격해 민간인을 남녀노소 가리지 않고 학살했다. 독립군들은 동포의 학살을 피하기 위해 상대적으로 일제의 영향력이 떨어지는 러시아 쪽으로 이동할 수밖에 없었다. 흩어져있던 여러 독립군은 통합된 대한독립군단을 조직했고, 이곳 이만으로 집결했다.

당시 러시아는 혁명 내전 중에 있었고 일본군은 러시아 백군을 도와 시베리아까지 출병해 있었다. 때문에 러시아 땅으로 넘어온 한국독립군은 부득이 적군레닌 정부군의 혁명투쟁에 가담할 수밖에 없었다. 하지만 일본은 소비에트와 독립군을 이간질시켰고, 소비에트군은 마침내 자유시 주둔 한국독립군을 포위하고 무장해제령을 내렸다. 이를 거부하는 과정에서 소비에트군이 한인독립군을 집단 학살한 사건이 자유시 참변이다. 다행히 김좌진과 이범석 장군 등은 이곳 이만에서 발길을 돌렸지만 이마에서 자유시로 향한 수천 명의 항일 독립부대들은 비극을 맞이하며 사라졌고, 홍범도 장군과 같은 뛰어난 무장들을 잃었다. 이후 우리 민족은 1945년 해방될 때까지 두 번 다시 이런 무장투쟁조직을 갖출 수 없었다. 참으로 안타까운 비극이 아닐 수 없다.

이만은 1921년의 이만전투로 더 알려져 있다. 이만전투에서 전사한 한국과 러시아 혁명가들을 추도하기 위하여 건립된 이만전투 추도비가 있다는 자료를 확인하고 이곳에 왔다. 이만전투는 1921년 12월 백군이 이만을 공격해옴에 따라 대한의용군 대원들이 러시아 혁명군과 연합하여 백군과 전투를 벌였던 것을 말한다. 고려의용군사의회의 산하 1개 대대로 편성된 대한의용군의 병력은 약 357명이었다. 이들은 이만전투를 시작으로 연해주 해방전쟁에서 소비에트와의 국제적 연대 속에서 항일전을 전개해 나갔다는 의의가 있다.

이 전투에서 독립군 52명이 전사하였는데, 겨울철이라 사흘 동안이나 시신을 매장하지 못하였다니 너무도 안타까웠다. 농민들은 임시로 눈을 통해 장례를 치렀고, 이를 안타깝게 여기던 독립군들은 1922년 4월 6일 이들의 주검을 수습하고 추도회를 개최하였다. 추도비에는 "연해주에서 소비에트 권력 수립을 위한 전투에서 죽어간 1921-1922 러시아와 조선 빨치산들에게 바친다"라고 러시아어 비문이 쓰여 있었지만 어디에도 독립군의 희생에 대한 한글 문구는 찾을 수 없었다. 잡초가 무성한 추도비에서 들끓는 모기떼만이 우리를 반겨줄 뿐이었다.

이만전투 추도비를 둘러보고는 다시 마을 중심가로 돌아왔고 길가에서 차 트렁크에 위스키를 올려놓고 술을 마시고 있던 청년들이 우

리에게 술을 권했다. 부산에서 일한 적이 있다는 댐과 댄은 한국에 관심이 많았고, 자신들을 이 마을의 수의사라고 소개했다. 그들 역시 이 마을에서 있었던 수많은 희생에 대해 알고 있었고 서로의 가슴 아픈 역사에 공감했다.

하바롭스크 독립운동

우수리스크에서 연을 맺은 훌리건과 인스타그램을 통해 계속 연락을 이어왔는데 안전하게 여행하고 있는지 걱정되는 모양이다. 무서운 외모와 달리 소녀 감성이었던 훌리건은 우리의 여행을 항상 궁금해했고, 언제부터인가 우리의 위치를 실시간으로 그에게 알려주게 되었다.

훌리건의 소개로 다음 도시인 하바롭스크의 막스를 소개받았고, 막스는 자신의 모터사이클을 타고 한 시간 거리를 마중 나와 하바롭스크 모토클럽으로 우리를 안내했다. 러시아 극동지방 최대의 도시인 '하바롭스크'의 모토클럽 'MC꾸르간'에 도착했다. 커다란 창고를 개조해서 만든 것 같은 MC꾸르간의 아지트에 모터사이클을 주차하자, 10여 명의 클럽 사람들이 밖으로 나와 우리를 반겨주었다. 작은 규모의 클럽임에도 각종 모터사이클 관련 대회에서의 수상경력과 훌륭한 정비능력을 보유한 그들은 모터사이클에 대한 열정만큼은 최고였다. 그들이 손수 만들어준 음식과 술을 나누며 밤이 깊어지는 줄 모르고 즐거운 시간을 보냈다. 그들은 우리와 헤어지기 싫었는지 근처 호텔에서 잠을 자겠다는 우리를 설득해 모토클럽에 마련되어 있는 침실에서 쉬도록 해 주었다. 그들의 친절함에 반해 여행 초반의 긴장이 모두 풀어졌다.

날이 밝고 우리는 앞으로의 루트, 일정, 모터사이클의 상태에 대해 고민했다. 독립운동의 발자취와 고려인의 이주루트를 따라가며 민족의 아픔에 대해 공부하겠다는 첫 번째 목표와 UN참전국을 돌며 6·25 참전용사들께 감사함을 전한다는 두 번째 목표를 이루기 위해서는 우리의 목표와 비교적 거리가 먼 구간을 단축할 필요가 있었다. 그러던 중 저렴한 가격으로 노보시비르스크까지 모터사이클을 운송해 주겠다는 화물 트럭 운송업체를 알게 되었다. 단순 유라시아 대륙횡단이 목적이라면 아쉬운 선택일 수 있지만, 우리의 여행 목적을 달성하기 위해서는 루트에 대한 선택과 집중, 시간과 금전적 비용의 절약이 필요했다. 화물운송으로 모터사이클을 보내기 위해서는 이틀을 더 기다려야 했고 우리의 소식을 접한 MC꾸르간 형제들은 하바롭스크 관광을 시켜주고 싶어 했다.

막스와 바시아는 자신의 차에 우리를 태우고 하바롭스크의 구석구석을 관광시켜주었다. 그들의 차를 타고 한인사회당 창당대회 개최지를 찾았다. 현지인들과 동행하다보니 목적지를 찾는데 한결 수월했다.

하바롭스크 또한 연해주 지역 독립운동의 주 활동무대였으며, 1918년 한인 최초의 사회주의 정당인 한인사회당이 창당된 곳이기도 하다. 오랫동안 독립운동에 전념해 온 이동휘 선생은 항일독립운동을 승리로 이끌기 위해 볼셰비키 정권의 원조가 꼭 필요하다고 판단하였다. 게다가 한인들은 일본에 대한 적개심이 강하였을 뿐만 아니라 연해주 인구의 다수를 차지하고 있었기 때문에 최초의 사회주의 정당이 탄생하게 되는 조건이 충분했을 것이다. 결국 그레고리노프의 원조 아래 한인사회당을 결성했지만 볼셰비키 정권이 한인사회당을 원조하는 이유는 다른 데 있었다. 눈앞에 닥칠 일본군의 출병을 한인들의 항일민족운동으로써 막겠다는 계산이 깔려 있었던 것이다. 설상가상으로 한인사회당이 창당된 지 얼마 안 되어 일본이 시베리아로 군대를 파견하였고, 이에 활동에 제한이 생긴 한인사회당은 추후 고려공산당으로 이름을 바꿀 때까지 재기를 준비한다. 그들은 러시아혁명 세력과 연대하여 조국의 독립을 위해 싸웠지만 광복 이후에도 이념 문제로 배척당했고, 지금까지도 그들의 희생은 인정받지 못하고 있다. 물론 개중에는 북한 정권 수립에 기여했거나 광복 이후의 행보에 문제가 있는 이들도 있지만, 그들과는 다르게 광복 이후 조국이 분단될 것이라는 사실도 모르고 사회주의 노선으로 빼앗긴 국권을 되찾기 위해 싸우다 희생된 이들도 분명히 있었다. 중요한 것은 당시의 독립운동가들이 사회주의와 민주주의 간의 대립보다는 제국주의와 반제국주의 사이의 갈등이라는 측면에서 접근하는 성향이 강했고, 분명 이념보다는 독립과 애국의 측면에서 고민했을 것이다. 그들의 숭고했던 독립운동 정신만은 왜곡되지 않았으면 하는 생각을 해본다.

한인사회당 창당대회를 개최했던 곳을 찾아갔다. 당시 건물은 남아 있지 않고, 과거 포포프스카야 현 깔리닌 거리 15번지에 해당하는 위치만 확인할 수 있었다. 후에 고려공산당의 전신인 한인사회당이 하바롭스크를 기반으로 활동하였고, 공산당 계열 독립운동의 많은 역사적 장면들이 이곳에서 이루어졌다. 한국 최초의 공산주의자이며 독립운동가였던 김 알렉산드라 또한 이 도시에서 활동하였다. 일본군의 시베리아 출병으로 위협을 느낀 그녀는 100여 명의 조선인 적위대를 구성해 반일항쟁에 돌입했지만 일본군에게 체포되어 처형당하게 되었다. 처형 당시 그녀의 마지막 소원은 "8보만 걷게 해다오"였다고 한다. "비록 가보진 못했지만 우리 아버지의 고향이 조선 팔도, 내 한발 한발에 조선 사람들의 미래에 대한 희망, 새로운 사회가 실현되기를 바라는 마음을 담는다"라는 말을 하고 그녀는 쓸쓸히 죽어갔다.

당시 사회주의 독립운동 세력의 절대적인 권위를 가진 그녀가 더 오래 활동할 수 있었다면 사회주의 독립운동의 행보가 전혀 달랐을 것이라는 아쉬움이 남는다. 이념을 떠나 항일 독립운동에 큰 업적을 남긴 것은 분명한 사실이다.

호국영웅 따라 세계여행

시베리아 횡단열차에 몸을 싣다

  모터사이클을 화물 운송업체에 맡기고, 시베리아 횡단열차를 타기
위해 하바롭스크 역으로 향했다. 열차 출발시간을 기다리며 역 앞 바
버샵에 들렀다. 헤어디자이너와 소통의 어려움을 겪고 있는 우리를 빤
히 보던 한 러시아 손님이 우리를 돕겠다고 한다. 홍익대학교에서 공부
했다는 그는 러시아에 진출해 있는 한국의 건설회사에서 일하고 있다
며 유창한 한국말 솜씨로 자신을 소개했다. 하바롭스크 역에서 열차
표 발권까지 친절히 도와주던 그는 러시아 여행 중 도움이 필요하면
언제든지 연락하라며 자신의 명함을 건넸다. 잘생긴 러시아 청년의 친
절함에 천군만마를 얻은 듯 자신감이 생겼다.

호국영웅 따라 세계여행

이제 정든 하바롭스크를 떠날 시간이다. 하바롭스크 여행을 풍성하게 만들어준 나의 형제 '막스'가 하바롭스크의 마지막 날도 함께 했다. 하바롭스크에 우리가 처음 도착하던 날도 우리를 마중 나왔던 그와 그의 여자친구 '제냐'의 배웅으로 시베리아 횡단열차에 올랐다. MC꾸르간 형제들과 언젠가 꼭 다시 만나겠다는 다짐을 하며 2주간의 열차 여행길에 올랐다.

시베리아 횡단 열차는 한마디로 애니메이션 드래곤볼에 나오는 시간과 정신의 방 같았다. 밖에서의 하루가 열차 안에서는 1년과 같은 느낌이었다. 모터사이클을 타고 정신없이 달리던 지난 2주를 정리하며 여유를 즐기는 것도 좋지만 역시 나에게는 현지인 친구들을 만나며 다이내믹한 방식의 여행이 더 맞는다는 생각을 다시 한번 해본다. 하지만 강제이주 된 고려인들이 당시 견디기 힘들었을 추위와 위생상태가 열악했던 열차에 실려 죽어갔을 생각을 하니 이게 무슨 배부른 생각인가 싶기도 하다.

갑자기 추워진 날씨가 열차 밖의 풍경을 바꾸었는지, 드넓은 시베리아벌판을 밤낮으로 달리는 열차가 다른 기후의 세상으로 우리를 옮겨 놓는지는 잘 모르겠다. 다만 창밖의 식생은 활엽수에서 침엽수로 점차 바뀌고 있었고, 푸르른 빛에서 갈색 잎으로 변해가고 있었다. 겨울이 오기 전에 남은 여행이 안전하게 마무리되기를 바랄 뿐이다.

횡단 열차에는 많은 한국인들이 있었다. 아마도 모두 한반도의 북쪽 땅을 지나지 못하는 아쉬움을 가지고 항공편이나 항만을 이용해 블라디보스토크에 도착했을 것이고, 블라디보스토크 역에서 열차에 탔을 것이다. 열차 안에서 머리가 하얗게 센 한국 어르신 두 분이 창밖을 하염없이 바라보고 계신다. 가만히 열차에 누워있기 너무 무료한 나머지 조용히 어르신들에게 다가가 어떤 여행을 하고 계신지 여쭙는 오지랖을 떨었다. 70대 연세의 어르신들은 인생을 돌아보며 열차에 올랐다며 멋스럽게 이야기하신다. 월남전 참전용사이신 이 어르신들과 한참을 즐겁게 대화했다. 우리를 향한 어르신들의 진심어린 응원이 나에게 엄청난 용기를 준다.

나도 사랑하는 이와 노년에 이런 멋진 여행을 떠나야겠다는 다짐을 해본다. 형제 어르신들의 여행이 아름다운 여행이 되길 기원하며 다시 좁고 불편한 2층의 내 자리에 몸을 뉘였다.

호국영웅 따라 세계여행

모터사이클은 노보시비르스크까지 먼저 화물 운송을 보냈지만 우리의 몸은 이르쿠츠크라는 도시에 멈췄다. 그 유명한 바이칼 호수에 가보고 싶었기 때문이다. 바이칼 호수는 세계에서 가장 오래된 2,500만 년이라는 역사를 자랑하는 호수이면서, 수심이 1,742m나 되는 세계에서 가장 깊은 호수이다. 또한 저수량이 2만 2,000㎦로 담수호 가운데 세계 최대 규모로 꼽힌다. 여기까지 와서 이곳을 그냥 지나칠 수는 없는 노릇이었다. 이곳에서 블라디보스토크에서 만났던 자전거 여행자 '준학'과 다시 합류했고, 바이칼 호숫가에서 샤슬릭과 러시아 맥주를 마음껏 즐겼다. 그날 밤 우리는 허벅지가 터져라 열심히 달려온 막내 '준학'을 위한 파티를 열어주었고, 요리하는 것을 좋아하는 '진묵'의 요리 솜씨로 그간의 여행을 정리했다.

몽골에서도 독립운동을?

몽골

하늘이 내린 신의(新醫), 독립운동가 이태준 열사

　누구나 드넓은 몽골의 초원과 쏟아지는 별을 꿈꾸지만 우리는 몽골에 가야 할 더 확실한 목적이 있었다. 독립운동가 이태준 열사 공원이 몽골의 수도인 울란바토르의 중심에 있기 때문이다. 사실 이곳 몽골에서도 독립운동이 활발했다는 사실은 여행을 준비하며 알게 되었고 몽골 여행의 로망보다는 이태준 열사의 독립운동에 관심이 생겨 몽골행을 결심했다. 한국에서부터 몽골 비자를 준비해온 나는 상관없었지만 나머지 둘은 그렇지 못했다. 다행히 이르쿠츠크에 몽골 대사관에서 당일 곧바로 비자 발급이 가능했고, 우리는 몽골로 출발했다.

　이르쿠츠크는 바이칼 호수를 사이에 두고 울란우데라는 도시와 맞닿아 있는데, 울란우데는 몽골로 들어가기 위한 관문이기에 이곳에서 몽골의 수도인 울란바토르로 가는 버스에 올랐다. 국경에서 간단한 절차들이 있었지만 생각보다 많은 시간이 소요되진 않았다. 몽골의 국경을 지나자마자 수많은 양떼들은 몽골에 입국했다는 것을 실감하게 해주었고, 드넓고 푸른 초원은 우리를 설레게 했다. 러시아 우수리스크에서 만나 이상설 유허비를 함께 청소했던 양 대표님은 우리의 여행을 계속 응원해주고 계셨다. 젊은이들의 의미 있는 여행을 응원하시겠다며 소셜미디어상에 우리를 응원하는 사람들의 모임인 '꼬레 아리랑'이라는 소모임을 만드셨다고 한다. 부끄럽지만 교장선생님과 교수님들로 구성된 분들이 매일같이 응원해준다니 뿌듯한 마음이 드는 건 어쩔 수 없었다.

어느 나라에서든 도움이 필요하면 연락하라고 하셨던 양 대표님은 우리가 몽골에 잘 도착했다는 소식에 반가워하시며 울란바토르에 살고 있는 지인을 소개해주셨다. 덕분에 울란바토르 현지에 살고 계시는 몽골인 온도르 누님을 소개받게 되었고 유창한 누님의 한국어 가이드 덕분에 몽골의 역사와 음식문화에 쉽게 스며들 수 있었다.

　울란바토르에 있는 몽골 현지음식 맛집을 비롯해 수흐바타르 광장과 자이승 승전탑 등 몽골의 역사가 스며든 대표적인 관광지들을 돌아보았다. 자이승 전망대라고도 불리는 자이승 승전탑은 러시아와 몽골 연합군이 제2차 세계대전에서 승리한 것을 기념하는 곳인데, 우리끼리 왔다면 아마도 전망대에서 몽골 수도인 울란바토르의 경치만 둘러봤을 것이다. 온도르 누님의 친절한 설명 덕분에 탑 정상에 새겨진 그림 하나하나의 의미를 알 수 있어 더욱 뜻깊은 시간이었다.

　이태준 열사는 세브란스의학교 재학시절 안창호 선생의 권유로 신민회의 자매단체이자 비밀청년단체인 청년학우회에 가담하여 활동하였다. 1911년 일제가 105인 사건을 조작하여 신민회 소속 독립운동가들이 대거 체포 위기에 빠지자 스승이자 동지였던 김필순 선생을 따라 중국 남경에 입국했다. 1914년 김규식 선생의 권유에 따라 몽골로 근거지를 옮긴 열사는 '같은 뜻을 나누는 동지들의 병원'이라는 의미의 '동의의국'이라는 병원을 설립했고, 당시 근대의술이 전파되지 않았던 몽골에서 근대적 의술을 베풀며 몽골 사회로부터 두터운 신뢰를 쌓았다. 몽골 인구의 70% 이상이 앓고 있던 성병을 완치하는 데 큰 공을 세운 열사는 몽골의 마지막 황제 '복드 칸'의 주치의로 활동하였고, 몽골의 1등급 국가훈장인 '에르덴오치르'를 받기까지 하였다. 열사의 독립활동 가운데 주목할 만한 것은 '의열단 활동'과 '코민테른 자금 운송'이다. 의열단의 비밀활동을 지원하며 독립운동 자금 운송을 하는 등 독립운동을 이어나가던 열사는 우수한 헝가리인 폭탄제조기술자를 의열단에 소개하였고, 그 폭탄은 조선총독부와 일제 친일파들의 간담을 서늘하게 만들기도 하였다.

코민테른은 1919년 창설된 공산주의 국제 연합으로, 각국 혁명운동을 지도하고 지원한 단체인데, 독립운동단체 한인사회당은 코민테른과 협정을 맺고, 독립운동 자금을 지원받았다. 열사는 소비에트 정부로부터 확보한 코민테른 자금 40만 루블 상당의 금괴운송에 관여하였는데, 한인사회당의 비밀연락원들이 나누어 운반하던 금괴 4만 루블 상당을 북경으로 운반하다 최후를 맞게 된다. 1921년 일본군과 내통하고 있던 러시아 백군 '운게른'이 몽골을 점령하면서 꿈꿔왔던 조국의 해방을 보지 못한 채 처형당한 것이다. 당시 그의 나이 38세였다.

뿐만 아니라 열사는 이곳을 오가는 애국지사들에게 숙식과 교통을 비롯한 온갖 편의를 제공하였고, 신한청년당 대표로 파리강화회의에 파견되는 김규식에게도 2천 원의 독립운동 자금을 지원하기도 하였다. 오늘날에는 한국과 몽골 사이 친선의 상징적 인물로 칭송받고 있는 그에게 우리 정부는 건국훈장 애족장을 추서했고, 이후 2001년에는 국가

보훈처와 연세의료원이 이태준 열사의 업적을 기념하기 위해 '이태준 열사 기념공원'을 준공했다.

몽골인들에게는 '하늘이 내린 신의'라는 칭송을 받으며 활약하셨던 열사는 자신의 의술로 조국을 위한 독립운동 자금을 모으셨고, 대한의 독립운동을 위해 젊음을 바치신 진정한 의사醫司이며 의사義士였다. 중국과 몽골을 종횡무진하며 대한의 독립을 위해 살아가시다가 이곳에서 쓸쓸히 죽어가신 열사를 향해 경건한 마음으로 인사를 드렸다.

호국영웅 따라 세계여행

칭기즈칸의 나라를 여행하다

몽골은 칭기즈칸의 나라로 유명하다. 몽골제국을 세우고 동서양과 시베리아까지, 대제국을 형성한 그는 과거 약탈과 침략의 상징으로 평가되곤 했지만, 그것은 침략받은 수많은 국가들의 두려움에서 나온 평가일지도 모른다는 생각도 든다. 사실 현대에 이르러 그에 대한 수많은 연구가 다시 진행되고 있고, 일각에서는 칭기즈칸의 훌륭한 리더십에 대해 수많은 찬사들이 이어지기도 한다. 칭기즈칸 동상이 있는 곳으로 향하는 길은 드넓은 초원의 연속이었다. 몽골 사람들은 어떤 나라 사람들보다 시력이 좋다고 하던데 정말 이곳에서 평생을 산다면 시력이 좋아질 수밖에 없겠다는 생각이 든다.

칭기즈칸박물관과 거대한 칭기즈칸 동상에서 몽골 전통의상을 대여해 거닐자 관광객들이 내 모습을 사진에 담기 바쁘다. 아마도 나를 몽골 현지인으로 알았나보다. 여행하며 길러온 나의 수염과 전통의상의 콜라보는 모든 관광객들의 시선을 강탈해 버렸다. 거대 칭기즈칸 동상을 빠져나와 다시 초원을 달리며 생각에 잠겼다. 말을 타고 동서양의 대륙을 호령하던 그의 모습이 모터사이클로 유라시아 대륙을 누비는 우리의 모습과 같다는 생각에 설레는 마음을 감출 수 없었다.

몽골 대자연의 매력에 빠져버린 우리는 테를지 공원에서 하루 머물기로 했다. 그곳에서 말을 타고 초원을 달려보기도 하고, 엄청난 크기의 독수리를 팔에 올려보기도 했다. 몽골의 전통가옥인 게르 안에서 직접 불을 때며 허르헉에 마시던 술 한 잔에 너무도 기분이 좋아졌다. 우리는 너무도 몽골스럽던 그 날에 취해버렸다.

호국영웅 따라 세계여행

　온도르 누님은 가족들과 함께 게르에서 살았던 어린 시절을 회상하며 추억에 잠겼다. 그녀의 장작 패는 모습은 정말 자연스러웠다. 힘을 들이지 않아도 장작들은 가볍게 두 동강 나버린다. 그녀에게는 너무도 익숙한 그것들과 함께 게르 안에서 듣는 그녀의 어린 시절 이야기는 가장 어두운 심야가 되기까지 기다리기에 안성맞춤이었다. 몽골의 쏟아지는 별을 관측하기 가장 좋은 때를 기다린 것이다. 밤하늘은 점차 수많은 별들이 모습을 드러냈고, 결국 눈부신 은하수가 펼쳐졌다. 양구 GOP에서 새벽 순찰 때 봤던 은하수보다 더 밝은 빛을 띠는 밤하늘은 처음 보았다. 너무도 감동적인 초원에서의 밤하늘의 자태는 말로 형용할 수 없을 정도로 아름다웠다. DSLR카메라와 액션캠에 그 순간을 담기 바빴지만, 그날의 감동은 카메라에 온전히 담을 수 없는 무엇이었다.

호국영웅 따라 세계여행

남은 여정이 많이 남았기에 우리는 몽골을 떠나야 했다. 몽골의 대자연 속에서 양고기와 몽골의 전통을 온몸으로 느꼈지만, 가장 기억에 남은 것은 온도르 누님과의 이별의 순간이다. 몽골에서 수학 교사로 몸담고 있던 그녀는 30살 나이에 돈을 벌기 위해 한국에 갔고 10년의 세월을 공장에서 보내며 힘든 시간을 보냈다. 이국땅에서의 힘들었던 10년은 몽골에 다시 돌아와 공장을 차릴 수 있는 발판을 마련했지만 그녀는 지난날의 설움에 눈시울을 붉힌다. 그녀의 눈물이 젊은 날 한국에서의 고된 삶이 떠올라 흘린 눈물인지, 자신의 젊은 시절 고된 삶을 보낸 나라에서 온 청년들과의 석별의 정에서 나오는 눈물인지 정확히 알 수 없었다. 하지만 그날 그녀의 눈물은 평생 잊을 수 없을 것 같다. 이태준 열사께서 지켜주신 덕에 몽골 여정도 안전하고 즐겁게 마무리해 가고 있었다.

아쉬움을 뒤로한 채 우리는 다시 러시아 울란우데로 복귀하기 위한 버스에 올랐고 울란우데에 도착 후 곧바로 노보시비르스크로 향하는 시베리아 횡단열차에 다시 올랐다. 노보시비르스크에는 우리보다 먼저 우리의 모터사이클이 도착해 있을 것이다. 모터사이클을 찾고 나면 고려인 강제 이주경로를 따라 카자흐스탄을 향해 달릴 것이다. 내일부터 다시 모터사이클을 타고 달려야 하기에 설레는 마음으로 시베리아 횡단열차에서의 마지막 휴식을 취했다. 사실 느린 속도의 횡단열차는 좁은 공간과 노후 된 시설 때문에 편안한 여행을 즐기는 여행자에게는 추천하고 싶지는 않지만 횡단열차 나름의 낭만이 있다. 이 열차와 정들었다기보다는 횡단열차에서 만난 여러 사람들과 정들었기에 마지막인 오늘이 더욱 아쉬운 것 같다. 같은 열차 칸에는 여러 한국인 여행자들이 있었고, 세계 일주를 시작하는 여러 젊은 청춘들과 인연을 맺었다. 이후 각자 여행하고 있는 세계각지에서 자신의 소식을 전하며 여행 정보를 공유했고 서로를 응원했다.

노보시비르스크에 도착했다. 하바롭스크에서 모터사이클을 화물차에 선적할 때 받았던 주소를 향해 걸었고, 화물 운송업체에서 간단한 절차 후 튼튼하게 패킹되어있는 우리의 모터사이클을 만날 수 있었다. 쇠지레, 속칭 빠루를 빌려 해체 작업을 직접 해야 했고, 주변 주유소에서 힘들게 공수해 온 연료를 주입했다. 다시 모터사이클 시동이 걸렸고 모터사이클의 심장이 뛰자 나의 심장도 거세게 요동쳤다.

강제이주 고려인의 발자취를 따라서

카자흐스탄, 키르기스스탄, 우즈베키스탄

강제이주 고려인들의 최초 정착지 우슈토베

모터사이클과 열차를 타고 우리가 달리는 루트는 고려인들이 연해주에서 중앙아시아까지 강제이주 당한 경로와 매우 닮아있었다. 그들이 고통 속에 강제이주 되어 정착하기 시작한 중앙아시아에 접어들자 빨리 고려인들을 만나보고 싶은 생각에 가슴이 뛰었다.

노보시비르스크에서 모터사이클을 타고 카자흐스탄을 향해 출발한 우리는 여러 시골마을 사람들의 응원을 받으며 기분 좋게 달렸다. 잠시 쉬어가기로 한 카멘나오비라는 마을의 여관 주인아저씨는 자신의 모터사이클을 보여주며 우리는 형제라는 것을 강조하더니 술병 하나를 들고 짐을 풀고 있는 우리의 방문을 두드렸다. 손에 들려있는 것은 우리가 정말 먹어보고 싶었던 러시아 수제 보드카인 사마곤이었다. 우리의 여행 이야기를 듣고 싶다는 그에게 우리의 여행 사진을 보여주자 너무도 부러워한다.

카자흐스탄에 입국하기 전 마지막 러시아의 시골마을이었던 룹촙스크에서는 길 가던 아저씨가 러시아의 기념품을 사주겠다며 이곳저곳

상점을 바쁘게 다니셨다. 러시아 전통 인형인 '마트료시카'를 나에게 선물하고 싶으셨지만 파는 곳이 없어 러시아 전통 숟가락을 선물로 주셨다. 러시아의 첫 도시였던 블라디보스토크부터 마지막 시골마을까지 친절했던 러시아 사람들은 정말 오래도록 기억에 남을 것이다.

세메이를 통해 카자흐스탄에 입국하기 전까지는 시골마을과 비포장도로가 꽤나 있었고, 천천히 오프로드를 즐기며 이동했다. 해가 지기 전 다음 마을에 도착하기 힘든 날은 식료품점에서 식재료를 미리 사뒀고, 해가 떨어지면 초원에서 캠핑하며 고려인들의 정착지를 향해 달렸다. 드디어 러시아-카자흐스탄 국경에 도착했다. 모터사이클을 타고 육로로 국경을 통과하는 것은 처음이기에 약간 긴장도 됐다. 하지만 생각보다 짐 검사는 간단했다. NO GUN? NO DRUGS? 이런 뻔한 질문을 몇 가지하고 모터사이클의 수납공간을 열어 보라고 한다. 짐을 꺼내보거나 X-RAY를 통과하는 절차는 없었다. 앞으로 수도 없이 통과할 육로 국경에 대해 어느 정도 걱정을 하고 있었는데, 역시 부딪혀보면 모두 극복할 수 있다는 것을 다시 한번 깨닫는다.

카자흐스탄의 세메이와 탈디쿠르간을 지나서 우리의 첫 번째 목적지인 우슈토베에 도착했다. 우슈토베는 1937년 10월 연해주에서 강제이주 당한 고려인들이 정착한 도시이다. 당시 극동 지역에 거주하고 있던 모든 고려인들이 카자흐 공화국 및 우즈베크 공화국 등지로 강제이주되었다. 이유는 이 지역에서 일본의 간첩활동을 미연에 방지하는 데 있었는데, 한국인과 일본인의 외모를 구별하기 매우 어렵다는 소련 지도부의 판단이었을 것이다. 하지만 고려인들이 강제 이주된 데는 두 가지 설이 더 있다. 소련 극동주에 고려인의 규모가 너무 커지자 후에 고려인들의 영토적 자치요구를 사전에 차단하기 위함이라는 설과 농업기술을 가진 극동 거주 고려인들의 유입으로 중앙아시아 지역에 농업 생산량을 늘리기 위함이었다는 설이 그것이다. 어찌 됐든 극동주의 17만 명이 넘는 고려인들이 강제적인 이주를 당했다는 사실은 틀림없다.

조국에서 떨어져 저 멀리 중앙아시아로 강제이주 당하는 것도 가슴 아픈 사실이지만, 그 당시 열차를 타고 이주당하는 그들의 모습은 더욱 참혹했다. 무려 17만 명이 넘는 연해주의 고려인이 정든 터전을 뒤로하고 스탈린의 강제이주 명령에 따라 시베리아 횡단 열차에 태워졌다. 가축 운반용이었던 객차는 나무판자로 만들어져 칼바람이 사정없이 들어왔고, 그렇게 40여 일 동안이나 시베리아의 눈바람을 맞으며 중앙아시아로 이동해 내던져지듯 버려졌다. 열차 이동 중 554명의 사망자가 나왔다. 부실한 식사와 위생상태, 식수 부족, 의료 지원의 부족 등 한 달여의 여정은 매 순간이 고통의 시간이었을 것이다. 황무지에 도착한 그들은 추위와 풍토병에 죽어가는 가족을 언 땅에 묻어야 했고, 그 슬픔은 이루 말할 수 없었을 것이다.

고려인들이 도착했을 당시 이곳 우슈토베는 불모지 벌판이었던 곳이었지만 수많은 시행착오와 어려움을 극복하며 살아남았고, 약 10만 명의 고려인이 이주하면서 마을로 발전했다. 현재 약 24,000명의 주민이 거주하고 있는 이곳이야말로 진정 고려인들의 아픈 역사를 간직한 곳이다.

우슈토베에 도착하자마자 '정치적 탄압으로 희생된 자들을 위한 기념비'를 찾아갔다. 한적한 어느 마을의 공원에서 미리 준비해온 사진과 동일한 기념비를 찾아냈다. 이 기념비는 강제이주 된 고려인과 체첸인 등 정치적으로 탄압을 받은 민족을 기리기 위한 목적으로 세워졌는데, 당시 주 카자흐스탄 한국대사가 주도하여 한국정부가 기념비 건립을 지원하였다. 기념비는 피라미드 형태에서 두 부분으로 분리된 형태로 제작되었는데 이는 민족의 단절된 역사를 표현한 것이라고 한다. 하지만 기념비 어디에도 이 기념비의 의미나 건립 취지에 대해 쓰여 있지 않다는 점은 아쉬움으로 남았다.

우리 민족의 아픈 역사를 기억하기 위해 이곳을 찾는 사람들이 분명히 있을 것이다. 하지만 나와 같이 사전에 미리 사진을 준비해서 오지 않는 이라면 이 기념비를 찾을 수 없을 것이다. 기념비 주변을 간단히 청소하고 바스토베 언덕으로 향했다. 사전에 조사해온 좌표에 바스토베 언덕이 없어 당황스러웠지만 고마운 동네 청년들이 자신의 차를 가져와 우리를 안내해 준 덕분에 생각보다 빨리 도착했다. 한겨울 시베리아를 지나 바스토베 Bastobe 산 밑으로 끌려 온 조선인들은 첫 겨울을 맞아 땅굴을 파고 살아남았다. 이 멀리 이국땅에서 살기 위해 발버둥 쳤을 고려인들의 간절함을 생각하니 너무 가슴이 아프다. 언덕 아래에는 다수의 고려인 묘가 있었고 땅굴의 흔적도 남아 있었다. 묘비에는 한국인의 얼굴과 한국인의 복장을 한 사람들의 영정사진들이 많았다. 고려인 1세였던 그분들에게 배웠듯이 추석 명절을 맞아 찾아온 이들이 꽤 있었는지 묘 앞에 과일 등의 제사음식들이 놓여 있었다. 땅굴이 있던 자리에는 강제이주를 기념하는 세 개의 기념비를 세웠다. 흰 대리석으로 된 한글비석에는 "이곳은 원동에서 강제이주 된 고려인들이 1937년 10월 9일부터 1938년 4월 10일까지 토굴을 짓고 살았던 초기 경작지이다"라고 쓰여 있다. 이 글씨는 고려인 할머니가 쓴 글을 음각한 것이라고 하는데, 삐뚤빼뚤한 한 문장이 가슴 아픈 우리 민족의 역사를 요약해 놓은 듯한 기분에 가슴 아려왔다.

호국영웅 따라 세계여행

그러나 근면하고 강인한 민족성은 황무지를 옥토로 바꾸어 놓았고, 구소련의 127개 소수민족인 콜호스 가운데 가장 많은 수확량을 냈다. 또한 농업 이외에도 교수나 의사, 연구 종사자 등 각계각층에서 활약해 꼬박꼬박 독립 자금을 마련해왔다. 그렇게 조국과 단절된 채 고향을 그리며 살아왔을 그들은 해방된 조국으로 돌아갈 수 없었다. 심지어 1991년 소련의 해체 이후 강제이주 당했던 독일인, 유대인, 폴란드인, 그리스인들이 정착 지원금까지 받으며 자신들의 모국으로 돌아갔음에도 고려인들은 분단된 모국의 어디에도 돌아갈 수 없는 처지였다. 물론 고려인 중에는 일찍이 성공한 사람들도 많았다 하지만 항일 독립운동을 펼치며 희생한 그들과 그 후손들이 조국의 광복도 알지 못한 채 세상을 떠났고, 그들의 2·3세들은 여전히 방랑자로 살고 있다. 지금도 각지에서 조국으로부터 잊힌 채 살아가고 있을 고려인들은 '까레

이스키'라 불리며 어딘가에서 살아가고 있다. 잘 사는 나라가 된 지금의 대한민국이 한민족으로서 그들과 함께 행복한 미래를 맞이할 날을 기대해본다.

바스토베 언덕에서 다시 우슈토베 마을로 이동하던 중 진묵의 모터사이클에 문제가 생겼다. 체인이 끊어진 것이다. 지금까지 체인의 장력을 잘 조정하면서 왔기 때문에 걱정 없을 것이라 생각했는데 카자흐스탄의 한 시골마을에서 이렇게 멈춰 버리니 당황스러웠다. 여분 체인이 없는 상태였기에 이 자리에서 문제를 해결해야 했고, 제한된 여건 속에서 정비를 시작했다. 고전하는 우리의 모습을 보고는 마을의 남자들이 하나둘 모여들기 시작했다. 모두들 친절하게 우리를 도우려 했지만, 결국 문제를 해결하지 못했다. 해가 떨어지고 있고 우슈토베에서 하루 쉬어가기로 했다. 마을에 숙박업소는 없어 보였다.

오늘도 캠핑을 해야 하나 고민하던 찰나에 우리를 돕던 청년들이 어딘가에 전화를 걸기 시작했다. 이 자리에서 그대로 기다리면 한국 사람이 한 명 올 거라고 하는 것 같았다. 아니나 다를까 얼마 지나지 않아 머리가 하얀 어르신 한 분이 우리에게 걸어오셨고 오랜만에 듣는 우리말로 말씀을 건네신다. "여긴 어떻게 오셨어요?" 그분은 카자흐스탄에 기독교를 전파하고 계신 '박헬렌 선교사님'이었다.

우슈토베는 카자흐스탄에서 한국과 가장 인연이 깊은 고려인 마을이다 보니 많은 분들의 노력 끝에 교회가 번창하게 되었고, 지금은 한국에서 선교활동을 오는 분들도 상당히 많다고 한다.

우리의 사정을 설명드리자 길을 따라 500m 앞에 교회가 있으니 거기서 쉬면서 정비하라고 하신다. 한국 도시에 있는 교회들처럼 크진 않앉지만 내 고향 마을에 있는 시골 교회보다는 큰 규모의 교회가 보였다. 멈춰버린 모터사이클을 수동으로 밀고 끌어 교회에 도착했다. 교회에서 뛰어놀고 있던 카자흐스탄 어린이들은 우리의 모터사이클이 신기한지 올라 타 보거나 헬멧을 써보며 즐거워했다. 다음 날이 추석이기에 한국에서 찾아오는 선교팀이 많아 선교사님과 교회 사람들은 바빠 보이셨다. 괜히 우리가 교인분들께 너무 민폐를 주는 것이 아닌가 하고 미안했지만, 고장 난 체인 때문에 이곳을 벗어날 방법이 없었다. 선교사님은 교회를 돕고 있는 기술자 '바시아'라는 청년을 소개해 주었고, 언제 다시 끊어질지 모르는 체인이 불안했지만 임시방편의 정비를 할 수 있었다.

고려인들과 함께한 카자흐스탄에서의 추석

전날 모터사이클을 정비하느라 온갖 신경을 썼는지, 우리 민족의 대명절 추석이 다가왔다는 것도 모르고 있었다. 추석 아침부터 교회 식당이 분주하다. 그런데 눈앞에 정말 생소한 풍경이 펼쳐졌다. 식당 식탁에 비빔밥과 미역국, 떡과 김치 등 먹음직스러운 한국 음식들이 펼쳐져 있는 것이 아닌가! 입맛이 까다롭지 않고 가리는 것이 없는 우리

　　　　　　　　　　　　　　　호국영웅 따라 세계여행

는 여행 중 항상 현지음식을 즐겨먹는다. 로컬들이 찾는 식당에서 현지의 감성을 느끼는 것이 여행의 묘미라는 우리의 공통적인 생각이었다. 그러나 저 멀리 이국땅인 카자흐스탄의 시골마을에서 만난 한국음식은 너무나 특별했고 맛있었다. 특히 추석에 고향의 음식을 먹을 수 있음에 너무도 감사했다. 하지만 우리를 놀라게 한 것은 음식이 전부가 아니었다. 식당 주방을 보니 이 음식을 준비하고 있는 분들은 한국말을 하지 못하는 고려인 교인들이 아닌가! 물론 선교사님의 지휘 아래 전체적인 상이 차려지지만 그분들도 한두 번 해본 솜씨가 아니었다. 정말 평생 잊지 못할 추석 상차림이다. 함께 식사를 하며 우리를 도와주신 김인용 목사님과 박헬렌 선교사님은 우리의 여행을 위해 기도해 주셨고, 배뿐만 아니라 마음까지도 부른 추석 아침이었다.

예정에 없던 곳에서 신세를 너무 많이 지게 되었다. 교회를 떠나기 전 목사님과 선교사님, 그리고 모터사이클 정비를 도왔던 바시아와 마지막 인사를 나눴다. 정든 고려인 마을 우슈토베를 떠나기 전 어제 다녀왔던 바스토베 언덕에 다시 한번 들러 추모하기로 했다. 추석 아침을 맞아 성묘하는 고려인 후손들의 모습을 보고싶었기 때문이다. 도착하니 이미 묘비 앞 차례상들이 차려져 있었고, 그것은 누가 봐도 한국의 차례상이었다. 한국에 가본 적도, 한국말을 하지도 못하지만 어렸을 적 부모님께서 하셨던 것처럼 추석을 맞아 명절 음식을 준비해 차례를 지내고 있었고, 조상님께 절을 올리는 자세가 엉거주춤했지만 분명 한국인의 명절 아침 풍경과 같았다.

때마침 바스토베 언덕을 찾은 한국인 선교팀 청년들이 먼저 와 있었고, 모터사이클에 태극기를 달고 언덕을 오르는 우리를 보고 큰소리로 응원해주니 기분이 좋아진다. 선교팀을 마지막으로 정든 우슈토베와 작별 인사를 했다. 연해주에서부터 강제이주 되어 추위와 배고픔에 싸웠을 고려인들의 이주 경로를 따라 대륙을 횡단해 달려온 보람이 분명 있었다.

알마티에서 찾은 대한민국

카자흐스탄의 옛 수도이자 제2의 도시인 '알마티'로 향하는 길, 저 멀리 톈산산맥의 만년설 쌓인 설산들이 눈앞에 펼쳐진다. 알마티 외곽의 도로에서 잠시 모터사이클을 멈추고 더운 날씨 속에서 저 멀리 설경을 즐겨본다. 잠시 멈춘 곳에서 어김없이 현지 사람들이 몰려들었고, 지나친 관심을 차마 뿌리치지 못하고 어김없이 시간이 지체되었다. 카자흐스탄 사람들이 즐겨 먹는 차를 마시라며 권하거나 함께 식사를 하

호국영웅 따라 세계여행

러 가자는 친절한 사람도 있지만, 다짜고짜 장갑과 헬멧 등을 착용해 보며 자신의 작업용 목장갑과 바꾸자는 짓궂은 사람도 간혹 있다. 처음이라면 당황했겠지만 이제 나름 모터사이클 여행의 베테랑이 된 우리는 그들에게 미소를 보이며 그 자리를 자연스럽게 피한다.

알마티 중심에 있는 '이모네'라는 한인 게스트하우스에 베이스캠프를 차린 후 우리의 모터사이클을 정비할 곳을 찾았다. 안전은 아무리 강조해도 지나치지 않는다. 내 모터사이클은 알마티BMW모토라드에 예방정비를 맡겼고, 간단한 소모품 교환 후 다음 날 찾을 수 있었다. 문제가 많았던 진묵의 모터사이클을 정비할 곳을 찾아다녔고, 숙소 바로 옆집에서 기술자를 찾았다. 하지만 이곳의 사람들은 한국의 '빨리빨리' 정신이 있을 리 만무했고, 결국 다시 내일로 정비를 기약했다. 우리에게 갈 길이 멀지만 정비를 위한 시간을 아까워하지 않기로 했고, 대신 계획에 없던 알마티를 관광할 시간이 생겼다며 긍정적으로 생각했다. 친절한 한인 게스트하우스 '이모네'의 사장님인 이모님께서 알마티 주요 관광지인 '빅 알마티 호수'와 '침블락'을 소개해주셨다. 고심 끝에 얼마 전 눈이 와 모터사이클로 접근이 위험한 '빅 알마티 호수'를 포기하고 '침블락'에 해가 지기 전 다녀오기로 했다.

해발 3,200m의 눈 덮인 아름다운 침블락 산자락을 라이딩하고 싶었지만 차량 통제 구역부터는 곤돌라를 타고 올랐다. 스키장 슬로프로도 유명한 이곳에 오르자 알마티 시내가 한눈에 들어왔다. 정상에 도착한 우리는 다음 일정은 잠시 잊고 3,200m 정상 눈밭에서 아이들처럼 뛰놀았다. 우리를 재밌게 바라보던 카자흐스탄 사람들은 아마도 우리가 눈이 내리지 않는 나라에서 왔을 것이라 생각했을 것이다.

호국영웅 따라 세계여행

진묵의 모터사이클을 정비하는 동안 고려일보의 발행지를 찾아 알마티 구석구석을 찾아다녔다. 고려일보는 1923년 3·1운동 4주년을 기념하여 러시아 연해주에서 창간한 한인신문인 '선봉'에 뿌리를 두고 있다. 중앙아시아로 한인들이 강제이주 당하게 되면서 1938년 '레닌기치'란 이름으로 첫 호를 발간했고, 레닌기치는 소련 해체 후인 1991년 초 다시 고려일보라는 이름으로 바뀌었다. 고려일보사를 찾으면 강제이주 고려인들의 역사를 자세히 들을 수 있을까 하는 기대를 했고, 게다가 오랜 시간 이국땅에서 한글을 지켜온 고려일보사를 찾아보지 않을 수 없었다. 현재는 한글을 모르는 독자가 늘어나고, 관련 기사가 매우 부족한 형편이라 발행에 어려움을 겪고 있으며, 일주일에 한 번 발간하며 전체 16면 중에서 4쪽이 한글 지면이라고 한다. 하지만 꼭 가고 싶던 고려일보사의 위치를 아는 사람이 없어 반나절이나 애를 먹었다. 우여곡절 끝에 고려일보사가 위치한 코리안하우스를 찾았지만 직원들이 모두 퇴근한 듯했다. 1층부터 문이 잠겨있어 그들을 만날 수 없어 너무 아쉬웠다. 이 먼 이국땅에서 한글과 한국어를 100년 이상 존속해온 고려일보이기에 굳게 잠긴 문은 나를 더욱 아쉽게 만들었다.

고려일보는 소비에트 사회주의 이데올로기를 고취시키고 찬양하던 논조에서 벗어나 고려인의 실제 생활을 취재하여 고려인의 삶의 모습을 생생하게 전달했다는데 큰 의의가 있으며, 고려인의 역사적 지위와 가치를 평가할 수 있는 중요한 자료를 만들어 냈다.

고려일보 직원들을 만나지 못한 것이 아쉬워 한인들이 강제이주 후 활발한 공연 예술을 펼쳐 온 고려극장을 찾았다. 한복 입은 여인이 장고춤을 추고 있는 커다란 벽화가 한눈에 들어왔고 멀리서 보아도 고려극장임을 알 수 있었다. 강제이주 후 고려극장의 주 무대가 크즐오르다에서 1968년 당시의 카자흐 수도인 알마티로 이전되어 왔기에 알마티에서 고려극장의 맥을 이어가고 있던 것이다. 소련 시기의 고려극장은 소련 국가기관으로, 이 시기 소련의 개별 민족 극장들은 여러 민족들로 구성된 인민들의 사상교육을 위한 공간이었다. 그러나 소련 붕괴 이후 카자흐스탄을 중심으로 활동무대가 사실상 축소된 고려극장은 공산주의 이데올로기에 대한 선전선동 활동 기능은 사라졌다. 소련체제 붕괴 이후 다민족사회로 변모한 카자흐스탄에서 말 그대로 소수민족 집단의 문화적인 자치와 특성 유지 측면에서 중앙아시아적인 한민족 고유문화전통의 보존과 발전 그리고 역사적인 모국과의 문화적인 교류를 통한 한민족 공동체로서의 문화적인 정체성을 유지하는데 중요한 역할을 하게 된 것이다.

고려인에 대한 연구를 위해 하루 종일 알마티 시내를 돌아다닌 것에 비해 만족스러운 결과는 아니었지만 카자흐스탄 구 수도의 구석구석을 달리며 많은 카자흐스탄 사람들과 소통할 수 있는 시간이었기에 흥미로운 기억으로 남았다.

모터사이클 수리가 끝났고, 이제는 다음 도시로 떠날 시간이다. 이모네 식당에서 머물며 사장님께 신세를 정말 많이 졌다. 이모네 식당 직원인 우즈베키스탄 출신 꼴랴는 자신이 열무김치 전문가라고 자랑했고, 퇴근 후에는 우리와 함께 맥주를 마시곤 했다. 이곳에서 사업을 준비 중인 미스터킴 형님은 우리를 응원한다며 저녁마다 맛있는 요리를 해주셨다. 저 멀리 이국땅에서 다시 한번 따뜻한 정을 충분히 느끼고 그들과 작별했다. 아쉬움을 뒤로 알마티를 떠나기 전 알마티 한국교육원에 들렀다.

　　재외 한국교육원은 2020년 기준 18개국 41개원이 있는데, 알마티 한국교육원은 카자흐스탄 유일의 한국교육원이다. 교육원에서는 성인을 포함한 재외국민들에게 한국어와 한국문화 등을 가르치는데, 방문 당일에는 수업이 없어 참관할 수 없었다. 대신 근무 중이시던 한국인 직원들을 만났고, 먼 이국땅에서 한국을 어떤 식으로 알리고 있는지 들을 수 있었다. 그들은 마침 행사하고 남은 한국 과자들이 많다며 한 보따리씩 챙겨주셨다.

　　여행 중 우리의 모터사이클에 붙어있는 태극기를 보고 어눌한 말투로 "안녕하세요 형님~"하는 사람들이 간혹 있다. 그때마다 생각한다. 해외 각지에서 한국어와 한국문화를 전파하시는 분들 덕분에 한류문화에서 시작한 지금의 K-POP의 세계화가 있었지 않나 싶다. 이틀 후 교육원에서 '윤동주 시낭송대회'가 열린다는 소식에 꼭 참석하고 싶었지만 알마티에서 너무 많은 시간을 지체한 탓에 아쉬움을 뒤로하고 키르기스스탄으로 향했다.

호국영웅 따라 세계여행

비슈케크 고려인과 유년 시절의 향수

키르기스스탄은 산악국으로 '중앙아시아의 스위스'라는 별칭을 가지고 있다. 마음 같아선 키르기스스탄의 아름다운 고원들을 여행하고 싶었지만 겨울이 오기 전에 유럽에 입성해야 하기 때문에 많은 고려인들이 강제이주 된 비슈케크만 돌아보고 다음 국가로 이동하기로 했다. 이곳 비슈케크에는 400여 명의 고려인들이 강제이주 되었고, 지금은 2만여 명의 고려인들이 살고 있다. 최초 정착 고려인들은 적은 인원이었기에 낯선 타향살이가 쉽지 않았다고 한다. 하지만 그들은 정착 초기부터 현지인들의 10배가 넘는 농업 생산량으로 두각을 나타냈고, 후에 고려인들은 각계각층에서 많은 활동을 하고 있다. 최 발레리 고려인문화협회 회장에 따르면 현재는 키르기스스탄 전체인구의 1%에 못 미치는 고려인이 활동량만 보면 50%를 차지한다고 한다. 이들은 정계에도 진출하였는데, 대법원장을 비롯해 농업건설부 장관, 국방부 장관까지 이곳에서 고려인들의 사회활동은 어마어마하다고 한다. 중앙아시아의 고려인들의 노력과 생명력이 놀랍기만 하다.

수도인 비슈케크의 중심에 있는 알라투 광장을 둘러보았다. 1984년 소비에트 연방 키르기스스탄 공화국 60주년 기념으로 건설되었고, 중요한 국가적인 행사나 의식이 행해지는 곳이다. 이곳의 근위병 교대식은 내가 봤던 어떤 제식보다

절도 있었다. 교대식은 하루 1번 오후 5시에 행해지는데, 런던에서 보았던 근위병 교대식보다 더 칼 같은 제식에 시선이 절로 향한다. 멋진 기마상이 있는 자리는 소련 시절 레닌 동상이 있던 자린데, 지금은 키르기스스탄 건국설화에 나오는 마나스가 늠름하게 서있었다. 키르기스스탄을 대표하는 광장을 거닐고 있던 그때 녹색 모터사이클을 탄 라이더 한 명이 우리에게 달려온다. 그는 우리가 외국의 여행자인 것을 알고는 반가워서 어쩔 줄 모른다. 친절한 키르기스스탄 라이더는 배가 고팠던 우리에게 최고의 맛집으로 안내하겠다고 한다. 그의 안내로 도착한 키르기스스탄 전통식당에서 처음 맛본 '베쉬바르막'의 맛은 너무도 인상적이었다.

호국영웅 따라 세계여행

지금까지 여행한 곳 중 가장 빈곤한 나라에 왔지만, 그의 험머 차량과 모터사이클을 보았을 때 꽤나 여유 있어 보였다. 키르기스스탄 여행을 자신이 돕고 싶다는 그는 자신의 클럽에서 하루 즐기고 가라는 제안을 한다. 하지만 키르기스스탄에서 오랜 시간을 보낼 계획이 아니었기에 그와 아쉬운 작별 인사를 했다. 다음 목적지인 홍범도 장군의 묘역이 있는 크즐오르다에 가기 위해 한시바삐 카자흐스탄에 다시 입국하고 싶은 마음이 컸던 것이다.

　키르기스스탄을 입국했던 국경이 아닌 또 다른 국경을 향해 다시 달리기 시작했다. 도로 노면상태가 그리 좋지는 않기에 빠른 속도로 주행은 불가했다. 다만 키르기스스탄의 시골마을 아이들이 우리를 보고 신나게 손을 흔들어 줄 때면 느리게 달리더라도 너무나 정겹기만 하다. 그 모습은 마치 어렸을 적 마을 골목길에 하얀 연기를 뿜으며 달리는 소독차를 따라 달리던 나의 어릴 적 모습 같아 나도 모르게 웃음이 났다. 아이들을 위해 경적을 울리고 손을 흔들어 주었을 때 그들은 함박웃음으로 답해주곤 했다.
　키르기스스탄에서 우리를 막아서는 소떼들은 몽골 길가에서 만났던 양들과는 달랐다. 양치기들의 지시에 따라 신속히 도로를 양보하던 양들과는 다르게 세상 느긋한 걸음걸이로 차도를 막아선다. 심지어 모터사이클이 신기한지 모터사이클에 코를 대고 킁킁 냄새를 맡다가 눈인사를 하기도 한다. 이 도로의 주인인 그들에게 미안해서 잠시 엔진을 정지한 뒤 걸어서 소떼를 따가라 본다. 어릴 적 축산업을 하시던 부모님을 도와 소들과 함께 놀았었기에 멀리 이국땅에서 만난 소들과의 스킨십은 나를 향수에 젖게 만들었다. 우리의 1990년대를 연상케 하는 수도 비슈케크 거리의 모습과 친절한 상인들, 우리를 따라오던 순박한 아이들까지… 키르기스스탄을 여행하는 내내 나의 어린 시절인 90년대로 시간여행을 하는 듯한 느낌을 받았다.

대한민국에 열광하는 카자흐스탄의 청년들

잠시뿐이었지만 정겨운 감동을 준 키르기스스탄을 뒤로하고 다시 카자흐스탄 국경검문소를 지나 입국했다. 카자흐스탄 재입국 후 쿤란이라는 시골마을에 도착해 통신을 위한 SIM카드와 마땅히 묵을 숙소를 구하기 위해 우리는 각자 분주히 움직이고 있었다. 그때 주차된 우리에게 다 망가져 가는 BMW 차량이 무서운 속도로 달려오더니 바닥에 스키드마크를 남기며 멈췄는데 그는 내 모터사이클에 달려있는 태극기를 보고 따라왔다고 한다.

호국영웅 따라 세계여행

평소 한국을 무척이나 좋아한다는 카자흐스탄 시골 청년 '제냐'는 한국 사람을 처음 봤다며 얼굴에 함박웃음이 가득하다. 그는 마을 유일의 숙소를 소개해 주고는 자신의 차로 마을을 구경시켜주겠다고 했고 우리가 흔쾌히 승낙하자 신이 나서는 그의 여자친구 '크리스티나'까지 불러냈다. 그의 차를 타고 카자흐스탄 시골마을 구석구석을 안내받았다. 내년에 결혼하기로 한 크리스티나와 제냐는 자신들이 첫 데이트를 했던 언덕이라며 마을의 언덕으로 우리를 데려가 야경을 보여주었다. 그럴싸한 야경은 아니었지만 카자흐스탄의 한 시골 연인이 자신들에게 가장 의미 있는 장소를 우리를 위해 보여준다는 것이 너무 고맙게 느껴졌다. 그 순간 그 소소한 야경이 어느 대도시의 화려한 야경보다 아름다웠다.

제냐와 크리스티나는 결혼하고 싶지만 주머니 사정이 좋지 않다고 하며 내 모터사이클 가격을 계산해 보더니 자신이 6년을 일하고 모아야 살 수 있다고 한다. 오늘 우리를 드라이브 시켜준 수명이 다해 보이는 차량도 중고로 구입했으며 5년 동안 돈을 모았다고 한다. 이미 차량 문짝도 거의 떨어져 나갈 정도로 정상적인 차가 아니었지만 그에게는 정말 소중한 보물인 것이다.

그와 대화를 이어가다보니 나라의 경제 수준은 차이가 있지만 집 걱정, 결혼 걱정은 대한민국 청년들의 걱정과 다르지 않았다.

기지흐스탄의 최종 목적지인 크즐오르다에 가기 위해서는 투르키스탄이라는 도시를 경유해야만 했다. 투르키스탄을 향해 달리는 도로 위에서 젊은 남자들이 한가득 타 있는 차량 두 대가 우리를 에워쌌다. 그 중 한 남자는 창문을 내리더니 우리에게 뭐라고 소리를 지르고 있다.

웃으며 박수 치는 그들이 나쁜 사람들 같지는 않다는 판단에 우리는 잠시 모터사이클을 세우고 그들의 이야기를 들었다. 멀리에서 온 여행자 같아서 반가운 마음에 소리를 질렀다고 한다. 그들은 한국에서 모터사이클로 달려왔다는 사실이 믿기지 않는다며, 저렴하고 좋은 호텔을 소개해 주겠다고 한다. 약간 의심스럽기도 했지만 지쳐있던 우리는 그들을 믿고 따라가 보기로 했다. 그들을 따라 도착한 호텔은 이 도시에서 가장 좋은 곳이라고 하는데 숙박비마저 저렴했다. 잠시나마 마음 착한 카자흐스탄 청년들의 호의를 의심한 것이 미안한 생각이 들었다. 이슬람 음악이 나오는 클럽과 식당을 겸비한 멋진 호텔에서 그들과 함께 식사를 하고 싶었지만 그들은 사원에 기도를 드리러 가야 한다며 쿨하게 떠나버렸다.

이슬람 역사도시답게 야외 클럽에서는 이슬람 음악이 흘러나왔고 젊은이들은 그 음악에 맞춰 춤을 추고 있었다. 우리는 그들 사이에 한 테이블에 앉아 허기진 배를 달랬고, 숙소로 이동하려 자리에서 일어났다. 그런데 그때 갑자기 춤을 추던 사람들과 종업원들이 우리에게 모여들었다. 당황했지만 삽시간에 우리를 둘러싼 인파는 수십 명에 육박했고 급기야 우리와 사진을 찍겠다며 줄을 서기 시작했다. 연예인이 이런 느낌이려나 싶다. 한국인이 여행 오기 쉽지 않은 곳이라 우리가 신기했던 것인지 모터사이클 여행자가 신기했던 것인지는 잘 모르겠지만, 지금까지의 많은 경험들로 미루어 보면 모터사이클을 타고 오지 않았더라면 단순 외국인에게 이렇게까지 관심을 갖지는 않았을 것이라는 생각이 든다.

홍범도 장군과 계봉우 애국지사

드디어 카자흐스탄의 최종 목적지인 크즐오르다에 도착했다. 이곳은 중앙아시아로 강제이주 된 고려인들의 기착지이기도 한 탓에 가장 많은 고려인이 사는 지역 중 하나이다. 또한 만주 대한독립군의 총사령관이자 봉오동 전투로도 유명한 홍범도 장군이 극장 경비로 말년을 보낸 도시이며, 장군의 묘소 또한 이 도시에 있다. 우리가 이곳 크즐오르다를 카자흐스탄 일정에 포함시킨 이유이기도 하다.

1895년 명성황후 시해사건에 분노한 장군은 27세의 나이로 의병을 조직하고 이후 평생을 수많은 의병투쟁과 무장독립 투쟁을 위해 앞장섰다. 1919년 51세가 되던 해 대한독립군 총사령관에 취임했고, 이듬해 봉오동전투에서 대승을 거두었으며, 김좌진 장군이 이끄는 북로군정서와 힘을 합쳐 청산리 대첩의 대승까지도 이끌게 되었다. 하지만 무장독립투쟁 최대의 비극인 자유시 참변이 일어나면서 소련군에 편입하게 되고 독립군도 무장해제 된다. 결국 러시아에서 농사를 지으며 노년을 이어가던 그는 스탈린의 강제이주로 인해 카자흐스탄에서 쓸쓸한 말년을 보내야만 했고, 크즐오르다 고려극장의 수위로 일하던 1943년, 이곳 크즐오르다에서 최후를 맞게 된다.

일각에서는 홍범도 장군을 이순신 장군과 버금가는 대한민국의 위대한 장군으로 재평가해야 한다고 하지만 아직 홍범도 장군의 인지도는 그렇지 않기에 아쉽다. 일본군이 "하늘을 나는 장군"이라고 부를 정도로 탁월한 지도력과 전술로 봉오동·청산리 전투의 대승을 이끌었을 뿐만 아니라 일생 동안 독립을 위한 희생은 분명 민족적 영웅의 업적이었다.

장군의 항일무장투쟁의 업적에 대한 감사한 마음으로 크즐오르다에서 가장 먼저 찾은 곳은 홍범도 거리였다. 홍범도 장군은 분명 우리 역사에 길이 남을 위대한 위인이지만 특히 연해주 땅에서부터 중앙아시아까지 함께 이주해온 고려인들에게는 민족의 지도자로서 장군을 기리는 마음이 더욱 남달랐을 것이다. 때문에 고려인 사회의 구심점이었던 장군에 대해 잘 알고 있었던 카자흐스탄 정부가 1994년 '홍범도 거리'를 선포했다. 찾아가기에 마땅한 이정표는 없었지만 러시아어를 읽을 수는 있었기에 도로명 표지판을 읽어가며 홍범도 거리를 찾아냈다. 화려한 거리는 아니지만 집집마다 홍범도라는 도로명주소 표지판을 달고 있는 모습을 만나고는 소름이 돋을 정도로 기뻤다. 멀게만 느껴졌던 카자흐스탄에 홍범도 장군의 이름을 집집마다 달고 있는 거리가 있다니 놀라울 따름이었다.

멀지 않은 곳에서 항일 독립운동가이자 역사, 언어학자인 계봉우 지사의 공적을 기리기

위한 '계봉우 거리'도 둘러보았다. 계봉우 선생은 임시정부에 가담했던 독립운동가인데, 국내에서 구국계몽운동에 참여한 뒤 북간도와 연해주로 망명하여 독립운동에 참여하였다. 또한 블라디보스토크와 하바롭스크, 상하이를 오가며 공산주의운동과 국학연구에 매진하였고, 스탈린의 강제이주 이후 이곳 크즐오르다에서 국어연구와 역사연구를 계속하며 말년을 보냈다. 4개국을 망명하며 살아온 그의 경험은 한국사에 대한 예리한 시각을 갖게 해주었다. 특히 주목할 만한 것은 역사교재들을 만들어 보급하였다는 것인데, 일제의 식민사관에 의한 '일선동조론'과 같은 한국사 왜곡을 폭로하였다는 것이 인상적이다. 선생은 또한 당시 한반도 주변의 정세와 이주 한인들의 경험을 알려주는 귀중한 연구자료들을 남겼다.

이어서 홍범도 장군의 묘가 위치한 크즐오르다 구 중앙공동묘역으로 이동했다. 1943년 그의 사망 후 1982년 한글신문 레닌기치 기자들을 중심으로 그리고 고려인들이 앞장서서 지금의 묘지 중앙으로 이장했다고 한다. 별다른 이정표가 없어 공동묘지 주변을 한참을 찾아다녔다. 저 멀리 기와 모양으로 보이는 한국의 건축양식으로 지어진 묘역 출입문이 보여 단숨에 달렸다. 입구에는 한글로 '통일문'이라 쓰여 있다. 생각했던 것보다 적당히 넓은 부지였지만 찾는 이가 별로 없어서인지 잡초가 무성했고, 관리의 흔적은 보이지 않았다. 여러 개의 비석에 삐뚤빼뚤하게 음각되어있는 한글들이 눈에 띄었다. 홍범도 장군의 생애가 러시아어로 쓰여 있는 비석 옆에는 '다시는 반복되지 않기를…' '국제평화와 화합을 위하여'라는 글이 눈에 띈다.

홍범도 장군 동상 옆에는 계봉우 지사의 동상도 세워져 있다. 역시 관리 되지 않고 있다는 느낌을 받은 건 매한가지였다. 방문 당시에는 지사님의 유해를 이곳 카자흐스탄에 모시고 있다는 사실도 가슴 아프지만 관리되지 않는 묘역에 모시고 있다는 사실에 더욱 가슴이 아팠다. 하지만 지난 19년 4월 대한민국 대통령의 중앙아시아 순방을 계기로 봉환식이 치러졌고, 유해를 대통령 전용기에 모시게 되었다는 소식을 듣고는 얼마나 기뻤는지 모른다. 오랜 시간 조국의 고향산천으로 돌아갈 날을 기다리셨을 텐데, 양국 정부에 최고의 대우를 받으며 유해 봉환식이 진행된 것은 정말 다행이다.

카자흐스탄에서 진행된 유해 봉환식을 귀국 후 생방송으로 지켜보며 국민들과 함께 넋을 기릴 수 있어서 참 좋았다. 하지만 홍범도 장군의 유해는 장군의 서거가 77년 전임에도 불구하고 아직까지 봉환되지 못하고 있다. 평양이 고향인 홍범도 장군에 대한 정통성을 주장하는 북한과 대립해왔기 때문이다. 홍범도 장군의 유해 봉환 문제는 지난 정상회담의 의제였을 정도로 양국간에 긴밀히 논의되고 있다. 다가오는 봉오동 전투 100주년을 맞아 2020년 유해봉환이 순조롭게 흘러가는 듯했으나 COVID-19의 유행으로 연기되고 말았다. 홍범도 장군의 유해 봉환이 빠른 시일 내로 이루어지길 기대해본다.

유해가 봉환되기 전까지 현지에서 관리가 잘되었으면 좋았으련만 장군의 묘역은 잡초와 쓰레기로 가득했다. 이곳에 오기 위하여 몇 날 며칠을 달려온 우리에게는 너무 실망스러운 모습이 아닐 수 없었다. 반나절에 걸쳐 쓰레기를 치우고 잡초제거를 했다. 우리가 가진 장비로 잡초를 제거하기에는 너무 많은 양이었고, 군데군데 무성한 가시덤불들이 작업 속도를 늦췄다. 묘역 대청소가 30% 정도 진행된 상태로 해가 뉘엇뉘엇 지고 말았지만 이대로 이곳을 떠날 수는 없었다. 우리는 고민

호국영웅 따라 세계여행

끝에 묘역 입구 공터에 텐트를 쳤고, 휴식 후에 아침 해가 밝으면 작업을 이어가기로 했다.

이른 아침부터 작업을 시작했기에 날이 더워지기 전에 작업을 마무리할 수 있었다. 더위에 지쳐버린 우리는 그 자리에 주저앉아 흐르는 땀을 닦으며 주변을 둘러보았다. 한결 깨끗해진 묘역을 둘러보고 나니 멀리 크즐오르다까지 달려오길 잘했다는 생각이 든다. 정말 보람된 이틀간의 작업이었다. 홍범도 장군과 계봉우 지사께 마지막 감사의 경례를 올리고 다시 여행을 출발했다.

중앙아시아에서 만난 사람들

　이제 쉼켄트까지 왔던 길을 되돌아가야 한다. 돌아가는 길은 많은 일들이 있었다. '자나크루간'이라는 시골마을의 아저씨들과 밤새 보드카를 마시며 주몽과 대장금 같은 한국 드라마 이야기를 했고 축구선수 손흥민의 팬이라던 젊은 친구들과 유럽축구 이야기도 했다. 다시 돌아온 투르키스탄에서 이슬람 문화의 성지인 아사위영묘에도 들렀다. 모래사막에서 모터사이클이 넘어져 말을 타고 가던 양치기가 함께 일으켜 주기도 하고, 카자흐스탄 부패경찰에게 걸려 다짜고짜 내라는 터무니없는 벌금을 1/10로 흥정해 보기도 했다. 사막보다는 스텝기후에 가까운 기후와 식생이었지만 흔히 볼 수 있었던 초원의 낙타들과 함께 셀카도 찍었다. 어떤 어리바리한 낙타는 도로 반대쪽의 다른 낙타 무리에 합류하려 하지만 중앙분리대를 넘지 못해 아스팔트 도로를 따라 우리 모터사이클과 함께 달렸다. 낙타와 함께 달려본 라이더가 얼마나 되겠는가? 어리바리 낙타는 나에게 평생 잊지 못할 추억을 만들어주었다.

진묵의 모터사이클이 다시 한번 말썽이다. 냉각수도 교체하고 엔진에 물까지 뿌려가며 자주 식혀주고 있지만 무더운 날씨에 엔진이 말을 듣지 않는다. 가까스로 쉼켄트까지 도착했지만 또 한 번의 정비 휴식이 시급했다. 한국어학당에서 한국말을 2주 배웠다는 청년이 다가와서는 대뜸 "형님형님~" 하면서 도와주고 싶다고 한다. 얼마 전에 한국의 김밥을 만들어 먹었다는 마음 착한 청년은 진심으로 한국을 사랑하는 듯해 보였고, 우리는 그에게 식사를 대접하며 기분 좋은 밤을 보냈다. 쉼켄트는 생각보다 큰 도시여서 다행히 정비소를 찾을 수 있었다. 정비 중 어김없이 청년들이 말을 걸어온다. 카자흐스탄 전통 음식을 먹으러 가자는 청년의 말에 출출했던 우리는 그를 따라갔고, 전통 양고기 요리인 '베쉬바르막'을 맛있게 먹었다. 신세지는 것을 싫어하는 우리는 먼저 계산하려 계산대로 향했다. 하지만 이미 우리의 식사가 계산되어 있었다. 자신도 라이더라는 '바글란'은 식사 중 화장실에 간다고 하고는 본인이 몰래 계산해 버린 것이다. 오늘도 이렇게 신세를 지고 말았다. 감사의 표시로 그에게 태극기 기념품을 건넸고, 선물을 받은 그의 해맑은 표정을 잊을 수 없다. 한국에 와서 알게 된 사실이지만 바글란과 함께한 베쉬바르막이라는 음식은 카자흐스탄에서 귀한 손님이 방문했을 때, 반드시 준비하는 전통음식이라고 한다. 그에게 귀한 손님 대접을 받은 것 같아 다시 한번 감동이 밀려온다.

타슈켄트에서 만난 그녀의 눈물

해 질 녘이 되어서야 카자흐스탄−우즈베키스탄 국경에 도착했다. 국경을 통과하면 우즈베키스탄의 수도인 타슈켄트가 바로 기다리고 있기 때문인지 다른 국경보다는 통행량이 많았고, 차량과 인파들이 줄지어 국경통과를 기다리고 있었다. 우즈베키스탄 입국을 기다리는 사람들의 긴 행렬의 끝에 우리도 줄을 서본다. 대기하는 인파들이 우리를 둘러싸고는 수많은 질문을 던진다. 그들은 우리가 한국에서 왔다는 말에 환호하며 자신이 아는 한국 드라마 이름과 주인공들의 이름을 연이어 외치며 다소 흥분돼 보였다. 한국을 좋아하는 나라들을 여행할 때면 정말 기분 좋은 일들이 많이 생겼고, 그럴 때마다 내가 대한민국 국민임이 자랑스러웠다. 놀라운 일은 그 직후에 일어났다. 그들은 우리를 검문을 받기 위해 늘어진 긴 행렬의 맨 앞으로 보내려고 하는 것이 아닌가? 마치 모세의 기적처럼 모든 사람들이 길을 비켜서며 우리를 맨 앞으로 가라고 손짓한다. 외국을 여행할 때 한국을 대표한다는 마음으로 여행해야 한다는 생각을 가지고 행동해야 한다고 생각해왔다. 때문에 항상 매너 있는 국제 신사의 모습을 보이려 노력했고, 질서를 지키는 것은 당연했다. 하지만 여행자의 줄은 따로 있다며 우리를 잡아끄는 그들의 과도한 친절에 못 이겨 기나긴 줄의 맨 앞으로 이동해버렸다. 대기 시간이 전혀 없이 국경검사대로 이동한 것이다. 참 고마우면서 정신없는 우즈베키스탄 입국 과정이었다.

　우즈베키스탄의 수도 타슈켄트에 도착했고, 밤이 깊었다. 타슈켄트 밤거리에서 우리를 멈춰 세운 승합차에서는 젊은 부부와 세 명의 아이들이 내렸다. 부부뿐만 아니라 아이들까지도 모터크로스를 즐기는 라이더라며 사진을 보여준다. 그들의 도움을 받아 우리는 저렴한 숙소에 묵을 수 있었다. 숙소로 안내해 준 그는 필요한 것이 있으면 연락 달라며 전화번호를 남기고 사라졌다. 전 세계 모든 라이더들은 형제라는 의식이 강하게 있는 듯하다.

호국영웅 따라 세계여행

라이더 가족의 소개로 찾은 호스텔에서 휴식을 취하고 다음 날 아침 모터사이클을 정비하고 있었다. 건장한 남자 직원이 나에게 다가오더니 자신도 모터사이클 라이더라고 한다. 때마침 타슈켄트에서 오늘 모터 페스티벌이 있다며 자신의 모토클럽 동료들이 있을 테니 가보라고 한다. 행사장 입구부터 많은 인파가 몰렸고, 차와 모터사이클을 좋아하는 사람들이 대거 모여들었다. 입구에서부터 경찰들과 많은 인파들이 우리를 환영해 줬고, 행사장에 들어서 모터사이클을 세우자 수많은 사람들에게 둘러싸여 버렸다.

우리도 행사를 구경 온 것뿐이었지만 어느새 행사장의 주인공이 되어 버렸다. 쉴 새 없이 사진을 요청하는 우즈베키스탄 사람들과 사진을 찍었다. 여행을 응원해주는 우즈베키스탄 사람들에게 고마운 마음이 들어서인지 그들의 계속되는 사진요청이 싫지가 않았다. 각종 행사에 참여한 뒤 행사의 막바지에 들어 젊은 여자 한 명이 우리에게 다가와 어눌한 한국말로 말을 건다. "안녕~ 얘들아~" 30대 중반으로 보이는 그녀의 이름은 '예레나', 우즈베키스탄 사람보다는 서양 백인에 좀 더 가까운 모습이었다. 한국말뿐만 아니라 영어 또한 유창한 그녀는 우리에게 한국 식당을 소개해준다고 했다. 한국말이 반가웠던 우리는 그녀의 식사 제안을 거절할 이유가 없었다. 알고 보니 식당은 고려인이 운영하는 식당이었다. 한국 음식을 하는 고려인 식당을 어떻게 아느냐고 묻자 그녀의 가족사진을 우리에게 보여준다. 친아버지는 미국인이지만 얼굴도 모른다고 한다. 하지만 고려인인 새 아버지와 가정을 꾸렸기 때문에 그녀의 가족은 그녀와 생김새가 전혀 다른 검은 머리의 모습이었다. 그녀와 함께 우즈벡 전통시장을 구경하고 헤어지려는데, 그녀가 자신의 아파트에 비는 방에서 쉬다 가라고 한다. 더 이상 신세 지기 싫었지만 숙소를 아직 구하지 못한 우리는 조용히 그녀를 따라갔다. 대신 모터사이클 타는 법을 배우고 싶어 하는 그녀에게 내일 아침 모터사이클 타는 법을 알려주기로 약속했다. 8월 말 러시아 블라디보스토크에서 맞은 비 이후로 처음 비가 내린 날이다. 더위는 식혀 줬지만 비 오는 날 주행하는 것은 위험하다. 그녀는 비가 그칠 때까지 자신의 아파트에서 정비하길 권유했고, 너무 고마운 마음에 그녀에게 약속한 대로 모터사이클 타는 법을 가르쳐 주기로 한다. 그녀는 아이처럼 좋아하며 모터사이클로 달려갔고 정말 의욕적이었다. 터프한 성격의 그녀는 예전부터 모터사이클 타는 것을 꿈꿨다고 한다. 내리는 비를 맞으며 그녀에게 정성껏 모터사이클 타는 법을 전수했지만, 가냘픈 그녀가 입문하기에는 우리의 무거운 모터사이클은 맞지 않았는지 모터사이클을 몇 번씩이나 넘어뜨렸다. 10m 정도 전진에 성공했지만 더 이상 그녀에게 모터사이클을 맡겼다가는 그녀의 몸도 내 모터사이클도 박살나버리겠다는 생각에 그만두기로 했다. 그녀는 꼭 모터사이클 면허를 따서 우리에게 연락하기로 약속했고, 자신의 몸에 맞는 가벼운 모터사이클을 반드시 구매하겠다고 한다. 그날 밤 그녀가 좋아하는 록 클럽에 함께 가 우즈베키스탄에서 유명한 록 뮤지션들과 함께 밤늦게 헤드뱅잉을 하며 즐거운 추억을 만들었다. 아직 비가 그치지는 않았지만 더 이상 지체할 수는 없는 노릇이었다. 다행히 가랑비 수준으로 비의 양이 줄었기에 아침 일찍 타슈켄트를 떠나기로 했다. 다시 여정을 시작하기 위해 아침부터 분주히 모터사이클에 짐을 싣는 우리의 모습을 지켜보던 '예레나'는 연신 사진을 찍는다. 여행사에서 일하는 그녀는 출근시간이 임박했는데도 우리를 챙기기 바쁘다. 마지막으로 함께 사진을 찍고 웃으며 인사하는 우리를 한참 쳐다보던 그녀는 결국 울음을 터뜨렸다. 록 스피릿으로 무장한 항상 터프한 그녀였지만 그 순간만큼은 어여쁜 소녀의 모습이었다. 작별은 아쉽지만 우리는 계속 나아가야 한다. 그녀의 눈물을 뒤로하고 우리는 사마르칸트를 향해 달렸다.

우즈베키스탄의 아름다움에 매료되다

타슈켄트에서 출발한 지 얼마 되지 않아 진묵의 모터사이클 체인이 또 잘려져 나갔다. 엔진문제를 해결하자 다시 체인문제로 돌아온 것이다. 그대로 길가에 정차한 후 다시 정비를 시작한다. 정비로 인해 시간을 지체했고 계획에 없던 타지키스탄에 입국해 쉬기로 했다.

타지키스탄에는 세계의 지붕이라 불리는 그 유명한 파미르 고원이 있기 때문에 많은 대륙횡단 라이더들이 찾는 곳이기도 하다. 한국에서 여행계획을 할 때 필수 포함 코스였지만 생각보다 늦은 출발에 일정에서 제외시켰던 것이다. 막상 타지키스탄 국경 바로 옆까지 오다보니 하루라도 들러보고 싶은 마음에 모터사이클 핸들을 틀어 타지키스탄으로 온 것이다. 하지만 국경검문소에서 문제가 생겼다. 우즈베키스탄 출국심사를 모두 마치고 타지키스탄 입국심사를 마무리하기 직전 비자를 보여 달라고 한다. 그때 아차 싶었다. 여행 코스에서 타지키스탄을 제외하는 과정에서 비자 발급을 받지 않은 것이다. 정말 초보적인 실수에서 생겨난 해프닝이었다. 아쉬웠지만 이런 즉흥적인 여행루트 결정이 우리 여행의 묘미였다. 다음 날 어느 나라의 어느 도시를 여행할지 정하는 여행은 색다른 묘미가 있었다.

결국 우리는 많은 우즈베키스탄 사람들이 꼭 들르라고 이야기하던 사마르칸트에서 쉬어가기로 했다. 단란한 가족이 운영하는 숙소를 잡았고, 이제는 익숙해진 샤슬릭과 맥주로 하루를 마무리한다. 다음 여정을 출발하려 아침 일찍 마을 아이들과 인사를 나누고 있었다. 한국을 잘 알고 있다는 아저씨 한 분이 걸어오셨고, 뒤이어 '안녕하세요!'라며 젊은 청년이 달려온다. 이들은 모두 과거 한국에서 일해본 경험이 있다고 한다. 특히 젊은 청년은 내 고향 경기도 이천 지역에서 일했다고 하니 정말 엄청난 인연이 아닐 수 없다. 짧은 대화를 마치고 사마르칸트 관광을 시작했다.

사마르칸트는 중앙아시아 최고最古 도시의 하나로, 과거 실크로드의 교역기지였으며 14세기에는 티무르 왕조의 수도이기도 했다. 도시 곳곳에 역사도시임을 알 수 있는 멋진 유적들이 많이 보였다. 특히 이곳을 대표하는 레기스탄 광장의 웅장함을 내 눈으로 확인하고는 왜 그렇게 만나는 사람들 모두가 사마르칸트를 꼭 가보라고 했는지 충분히 이해가 되었다. 우즈베키스탄의 50숨 단위의 지폐에도 그려져 있는 이

광장은 국가적인 대규모 경축행사나 기념일 행사가 열리는 곳이라고도
한다. 사마르칸트의 화려한 유적들에 매료되어 한참을 둘러본 뒤 사마
르칸트 시장에서 우즈베키스탄 전통 모자를 하나씩 샀다. 시장 아주머
니들은 타국에서 온 여행자들인 우리가 그들의 모자를 쓰고 다니는 모
습을 재미있어하셨다.

해가 지기 전 다행히 카타쿠르간이라는 작은 마을에 도착했다. 숙소를 찾아다니는 우리를 보고 단란한 한 가족이 우리에게 걸어온다. 아버지로 보이는 남성이 우리를 도우려 하는데 도통 말이 통하지 않자 초등학교 저학년쯤 되어 보이는 딸을 불러내서 통역을 요청한다. 유창하지는 않지만 어린 통역사는 열심히 통역을 해줬고 그녀의 부모님과 우리는 의사소통은 뒷전이고 귀여운 어린 통역사의 모습에 웃느라 정신이 없었다.

가족은 몇 군데 숙소에 연락해보더니 묵을 수 있는 숙소가 없다며, 친구의 식당에서 쉬라고 권유한다. 가족을 따라가 보니 고속도로의 허름한 휴게소쯤 되어 보이는 식당에 빈 공간으로 안내해 줬다. 숙박업소는 아니었지만 잠깐 누워 쉴 수 있는 공간이면 우리에겐 충분하다. 계획에 없던 마을에서 따뜻한 사람들을 만났고 그들과의 대화에서 웃음이 끊이질 않는다. 그들의 따뜻한 웃음은 어떤 멋진 휴양지를 가는 것보다 나에게는 더 소중한 추억이고 그들과의 휴머니즘이 내 여행의 큰 의미일 것이다.

우즈베키스탄의 또 다른 역사도시 부하라로 달리는 길에 끝없이 펼쳐진 목화밭들은 장관이었다. 목화밭에서 목화를 수확 중인 수많은 사람들이 손을 들어 인사해준다. 목화밭을 지나 작은 트럭 하나가 우리 옆에 멈춰 세운다. 우리가 한국에서 온 것을 알고는 자신의 차를 보여준다. 대우차 '라보'였다. 우즈베키스탄은 과거 대우에서 자동차 산업을 토착화시켰기 때문에 우리나라에 대해 우호적인 입장을 가지고 있고, 현재도 대우 차가 압도적인 점유율을 차지하고 있는 나라이다. 수도인 타슈켄트부터 수도 없이 대우 차를 보아왔기 때문에 너무 익숙해진 나머지 한국 차를 보아도 위화감이 없었다. 나의 모터사이클과 한국의 트럭을 바꿔 타자는 시골 청년의 말에 서로 한바탕 웃었다.

한국을 사랑하는 우즈베키스탄 경찰 친구

부하라에 도착했다. 이곳은 중앙아시아 최대의 이슬람 성지로 도심 전체가 세계문화유산으로 지정돼 있다. 도시 전체가 박물관이라고 불리는 부하라는 서역과 중국을 잇는 실크로드의 주요 오아시스였다. 도시 중심부에 들어서자 아르크 고성이 가장 먼저 눈앞에 들어온다. 부하라의 왕들이 거주했던 아르크 고성의 780여 미터나 이어지는 사암으로 된 흙벽이 인상적이다. 골목골목이 너무나 아름다운 역사도시에 빠져버린 우리는 모터사이클을 주차하고 본격적으로 투어를 시작하기로 했다. 주차장이 마땅히 보이지 않아 지나가는 경찰에게 물어보기로 했다. "주차장이 어디에요?" 2인 1조 순찰을 돌고 있는 듯한 경찰에게 물었다. 그런데 돌아오는 대답에 우리의 귀를 의심했다. "한국말로 하셔도 돼요" 너무 당황한 나머지 우리는 그 자리에서 크게 웃었다. 그의 이름은 '도니', 알고 보니 그는 한국의 조선소와 제철소에서 5년 정도 일한 경험이 있었고, 주경야독하며 한국말을 익혔다고 한다. 지금은 부하라 관광지의 치안을 담당하고 있는데, 우리를 보고 고향사람을 만난 것처럼 반가워했다. 우리가 관광하는 것을 도와주고는 숙소 찾는 것까지 도와주는 그가 너무 고마워 저녁식사를 대접하기로 했다. 숙소에 짐을 풀고 퇴근하는 그를 만나 분위기 좋은 우즈베키스탄 전통식당으로 향했다. 맥주를 한잔하자 진솔한 이야기가 오고 간다. 그가 말끝마다 자연스럽게 내뱉는 "형님~"이라는 단어에서 그가 한국의 문화를 얼마나 제대로 배워갔는지 알 수 있었다. 한국에서 정말 많은 고생을 했지만 한국 덕분에 지금 자신이 잘 지내고 있고, 그래서 한국 사람들이 너무 좋다고 한다. 한국에서 너무 고생만 하고 돌아온 것이 아닌가라는 걱정이 조금은 사그라들었다.

우즈베키스탄의 유서 깊은 낭만의 도시에서 좋은 인연과 함께 행복한 밤을 보냈고, 그와 다시 만날 날을 기약했다. 전날 함께한 우즈베키스탄 경찰 '도니'가 좋은 숙소를 소개해 준 덕분에 편히 쉬었다. 아침이 밝았고, 출발 전 모터사이클 상태를 점검하는 내 옆에 서양 남자 한 명이 다가온다. 저 옆에 세워져 있는 모터사이클을 손으로 가리키며 자기도 우리와 같은 모터사이클 세계여행자라며 무척 반가워한다. 노르웨이에서 출발한 베테랑 라이더인 그는 세계를 기약 없이 여행 중이라고 한다. 모터사이클 전문가라는 그는 내 모터사이클 브레이크 유격을 조정해주고 이것저것 조언을 해주었다. 나 또한 반대 방향으로 달리는 그에게 루트에 대한 정보를 아낌없이 알려주었다. 서로의 안전을 기원했고, 짧은 만남을 뒤로한 채 각자의 방향으로 떠났다.

카라칼파크스탄의 형제들

태양이 내리쬐는 스텝기후의 건조한 초원을 끝없이 달렸고, 길가에는 사막쥐와 죽어있는 염소가 즐비했다. 우즈베키스탄은 동쪽에 수도인 타슈켄트가 있고 서쪽으로 달릴수록 질 좋은 기름은커녕 주유소 자체를 찾기 힘들었다. 우리 모터사이클은 연료통이 작기 때문에, 여분의 연료통을 준비해왔지만 이 구간에서 문제가 생겼다. 연료가 떨어진 것이다. 가까스로 길가의 식당에 모터사이클이 멈췄고, 마음 좋은 우즈베키스탄 식당 주인은 그 앞에서 텐트를 칠 수 있도록 우리에게 허락해 주었다. 현지인들과 함께 아랄 지역에서 잡은 알 수 없는 민물고기 요리를 먹으며 허기진 배를 채웠고, 텐트 속의 밤도 깊어갔다.

이른 아침부터 텐트 밖이 너무 소란스러워 눈을 떴다. 분명 주변은 허허벌판인데 아이들 웃고 떠드는 소리가 너무 선명하다. 텐트 입구를 열어 밖을 보자 우리의 소문을 어떻게 듣고 찾아온 것인지 어린 꼬마들이 우르르 몰려와서 우리를 신기하게 쳐다보고 있었다. 이른 아침부터 우리를 깨운 아이들이 순간 얄밉기도 했지만 아침 일찍부터 우리를 보러왔다는 것에 고맙다는 생각이 들었다. 아이들에게 웃으며 인사를 건넸다. 자신들과 다른 생김새의 외국인들을 처음 보아서 그런지 아이들은 소리를 지르며 도망을 쳐버렸다.

우즈베키스탄의 황량한 시골에서의 아침 풍경이 우리와 크게 다르지 않아서 그런지 정겁기만 하다. 황량한 초원을 달려 드디어 누쿠스라는 도시에 도착했다. 정말 오랜만에 도착한 도시 같은 도시라서 모터사이클 소모품을 구입한 뒤 휴식을 취하고 있었다. 그때 타슈켄트에서 눈물의 작별을 했던 예레나에게 연락이 왔다. 누쿠스 라이더들과 만나 도움을 받으라고 한다. 그녀는 우리와 작별하고 나서 내심 우리가 걱정되었는지 우즈베키스탄 모터사이클 커뮤니티에서 우리에게 도움을 줄 라이더들을 찾기 위해 수소문했던 것이다. 덕분에 그녀가 소개해 준 라이더 '칭기스'와 만날 수 있었고 그의 아지트로 향했다.

생각보다 적은 사람들이 우리를 기다리고 있었다. 그들은 모터사이클 여행을 좋아하는 프리라이더들이라고 자신들을 소개했다. 카라칼파크스탄 프리라이더스라는 엠블럼을 우리에게 건네며 그들의 모터사이클 여행 사진을 보여주었다. 서로의 여행이야기를 하는 것은 언제나 즐겁다. 여행을 좋아하는 그들과 우리는 형제라고 이야기하던 칭기스는 우리의 모터사이클 상태를 먼저 살피겠다고 한다. 알고 보니 엄청난 모터사이클 정비 실력자였다. 그가 자랑할 게 있다며 BMW GS모터사이클을 보여주었는데 사실은 혼다 엔진에 대우자동차의 부품을 가공해서 만들어낸 모터사이클이었다. 일본의 심장과 대한민국의 골격으로 독일의 모터사이클을 만들어 낸 것이다. 그 키메라 모터사이클을 보고는 우리의 모터사이클도 의심 없이 그들에게 맡겼다. 역시나 웬만한 정비소보다 믿음직스럽게 정비해 주었다. 칭기스와 함께 잘생긴 우즈벡 청년 '라핫'의 집에 초대받았고, 수박과 되냐라는 커다란 참외를 원 없이 먹었다. 우즈베키스탄의 과일은 생산량도 세계적이지만 그 당도와 맛이 정말 일품이다.

그들과 이러저러 여행 이야기를 하니 여행의 피로가 녹아내리는 듯했다. 그리고 칭기스의 집으로 초대받았는데 그의 아파트 지하에 있는 개인 모터사이클 정비소를 구경하고는 가볍게 한잔하기로 했다. 여행과 모터사이클 이야기로 시작된 술자리는 각자 조국의 가슴 아픈 역사 이야기로 이어지게 되었고, 그가 일제강점의 역사를 몰랐듯 우리도 그의 조국의 가슴 아픈 역사에 대해 알 수 없었다. 그의 조국은 우즈베키스탄이 아니라 카라칼파크스탄 공화국이라고 이야기한다.

분명 수도인 타슈켄트에서 이곳까지 달려오면서 국경을 통과한 적도 없었고, 어떠한 표지판도 보지 못했기에 다른 나라라는 그의 말이 이상하게 생각됐다. 그는 오늘 도착한 누쿠스를 수도로 하는 카라칼파크스탄 공화국이 자신의 나라이며, 수많은 희생의 역사가 있었지만 결국 독립하지 못했기에 그렇다는 것이다. 카라칼파크스탄 자치공화국은 지금 우즈베키스탄의 한 부분이지만, 과거 독재정부의 탄압을 받아왔고 그들은 여전히 정치인, 그리고 정부의 무관심과 적대감에 직면해오고 있다고 한다. 지금은 인간에 의해 말라 없어지고 있는 거대 염호 아랄해를 주축으로 우즈베키스탄 영토의 40% 가까이나 차지하지만 인구는 고작 170만 수준이라 독립을 원하면서도 우즈베키스탄에게 억눌려 온 것이 현실이라고 한다. 그와의 취중 대화가 무르익을수록 물론 나라가 처한 역사적 성격은 다르지만 내 조국 대한민국의 독립이 얼마나 귀중하고 값진 희생의 결과물인지 또다시 생각하게 했다.

호국영웅 따라 세계여행

날이 밝고 카라칼파크스탄 프리라이더들의 아지트로 다시 모였다. 라핫이 우리 모터사이클의 엔진오일을 갈아주겠다고 한다. 알고보니 라핫은 이제 곧 20살 성인이 되는데 한국에 가서 일을 하고 싶어했다. 한국 비자를 받기 위해 열심히 공부한다는 그에게 나의 여행명함을 건네며, 한국에서 기다리겠다는 응원을 했다. 이틀 동안 이들에게 너무 많은 신세를 졌다. 다음번에는 한국에서 그들과 함께 웃을 날을 그려 본다. 그들도 우리와의 헤어짐을 아쉬워하며 카라칼파크스탄 프리라이 더스라고 새겨진 자신들이 디자인한 스티커를 우리 모터사이클에 하나 씩 붙여준다. 카라칼파크스탄 자치공화국의 역사를 알게 된 뒤 다시 보는 그 엠블럼은 전날에 느꼈던 느낌과는 사뭇 달랐다. 그들은 러시 아의 라이더들이 그랬듯 우리가 누쿠스를 빠져나갈 때까지 모터사이클 로 마중을 나왔고, 도시의 마지막 주유소에서 형제들과의 포옹을 마지 막으로 다음을 기약했다.

중앙아시아의 끝에서 찾아온 위기

쿤그라드라는 작은 마을에서 휴식을 취하고 다시 서쪽으로 달리던 중 각종 지도와 네비게이션에서 확인했던 주유소가 나오지 않아 당황 했다. 결국 연료가 바닥난 상태로 황량한 벌판 위에 엔진이 멈춰버렸 다. 사실 우즈베키스탄에 오고 난 뒤부터는 산유국인 러시아에서 쉽게 볼 수 있었던 양질의 연료는 보기는 힘들었다. 더군다나 카라칼파크스 탄 지역으로 오니 누쿠스를 제외하고는 주유소 자체를 보기 힘들었다. 다행히 식당이 하나 보였고, 주유소가 없는 지역의 식당들이 불법으로 기름을 값비싸게 팔고 있다는 것 정도는 알고 있었기에 문을 두드렸다. 몇 배는 되는 금액에 기름을 팔겠다는 식당 주인이 야속했지만 당장 발이 묶인 우리는 그마저도 감사하게 생각했다. 하지만 카라칼파크스 탄에서 우리의 카드가 먹히지 않았다. 세계적으로 사용 가능한 VISA 와 MASTERCARD가 각각 있었지만 이곳은 자국의 카드만 쓰기에 현금인출이 불가하다는 것이다. 우리는 다음에 어느 나라를 갈지, 또 간다면 그 나라에 얼마나 있을지 아무도 모르는 여행을 하고 있기에 국경에서 미리 환전해 가지 않았다. 물론 달러화는 세계적으로 환전 가능하기에 준비했지만 이미 바닥난 상태였다. 연료통이 작은 저배기량의 모터사이클로 여행하는 우리는 여분 연료까지 대비했지만 그마저도 바닥이 나버렸다. 사전에 파악한 주유소 위치정보가 맞지 않아 이런 사태가 나버린 것이다.

자포자기의 심정으로 몇 시간의 휴식을 즐기고 있을 때, 지나가는 사람들이 우리를 언제 봤다고 돈을 빌려주겠다고 한다. 적잖이 우리의 사정이 딱해 보였나 보다. 우리는 전에 만났던 한국어 패치가 완료된 우즈베키스탄 경찰 '도니'에게 전화해 도움요청을 했고, 우리에게 돈을 빌려준 고마운 그들에게 곧바로 빌린 돈을 갚을 수 있었다. 식당 주인에게 비싼 값을 주고 기름을 샀지만 환율을 계산해 보면 사실 얼마 하지 않는다는 사실에 우리는 안도의 한숨을 내 쉬었다.

다시 출발하기 전 애증의 이 식당 앞에 붙어있는 수많은 스티커 앞에서 마지막 사진을 찍었다. 대륙을 횡단하는 전 세계 수많은 오버랜더들의 역사였다. 아마도 황량한 벌판에서 기름문제든 식사문제든 해결할 수 있는 이 유일한 식당은 자연스럽게 여행자들의 명소가 되어버린 듯하다.

호국영웅 따라 세계여행

　대륙을 횡단하는 전 세계인들의 스티커, 그 마지막에 나의 여행카드
를 추가하고 다시 우리의 길을 출발한다. 식당에서 너무 많은 시간을
보낸 나머지 목표했던 국경마을까지 가지 못하고 텐트를 쳤다. 초원과
사막의 중간쯤 되는 아무도 없는 황량한 벌판에서 비상식량과 비상 위
스키로 추위를 견뎠고, 주변의 마른 가시덤불을 모아 불을 피워 체온
을 유지했다. 해가 뜨자마자 숙영지를 정리한다. 언제나 숙영지를 떠날
때면 자리에 아무도 없던 듯이 말끔히 자리를 정리하고 떠난다. 아직도
군에서의 훈련이 몸에 배어있는 우리들에게 전장정리는 어찌 보면 아
직까진 습성화되어 있는 당연한 것이었다.

갑자기 날씨가 추워졌다. 주행풍을 맞으며 달리면 체감 온도는 더욱 떨어지기에 체온유지가 중요하다. 6~7겹의 옷을 껴입었지만 장갑을 뚫고 들어오는 차디찬 바람이 손가락에 통증까지 느끼게 한다. 고급 모터사이클에 있는 열선 핸들은커녕 바람을 막아 줄 핸들 가드도 없는 우리의 연약한 모터사이클은 주인을 더욱 강하게 만들어주었다. 주행 중 뜨거워진 엔진에 손을 녹이고 다시 출발하기를 몇 번 반복하니 드디어 카자흐스탄 국경이 나타났다. 카자흐스탄을 통해 우즈베키스탄에 입국했던 우리는 우즈베키스탄 국토를 횡으로 가로질러 다시 카자흐스탄에 입국하게 된 것이다.

누워서 타는 자전거인 리컴번트 바이크로 대륙을 횡단중인 프랑스 여행자를 국경에서 만났다. 리컴번트 바이클은 장거리 여행에 특화된 자전거로, 빠른 속도와 편한 자세, 무엇보다 낮은 하중은 짐을 적재하기에 유리하다. 아무리 여행하기 좋은 자전거라도 우리가 지나온 험로를 자전거로 달릴 그를 생각하니 걱정이 되어 몇 가지 루트에 대한 조언을 해주고 서로의 행운을 빌었다.

다시 돌아온 카자흐스탄, 낙타 무리가 우리를 반긴다. 드넓은 모래밭을 낙타들과 함께 달리다 베이네우라는 마을의 허름한 숙소에서 재정비한다. 카자흐스탄 서부 셰트페라는 마을에 다다랐을 때 우리에게 떠나지 말라고 발목 잡는 중앙아시아의 마지막 아름다움이 우리를 마중 나온다. 중앙아시아가 황톳빛의 척박하기만 한 땅이라고 생각하던 나를 비웃듯 그들은 나에게 보란 듯이 멋스러움을 뽐낸다. 높은 언덕들은 굴곡져 춤을 추고, 끝없는 지평선과 어우러져 아름다운 풍광을 자아냈다. 인간의 손이 닿지 않은 그곳에 드리우는 저녁노을에 넋을 놓고 말았다. 우리는 가장 높은 언덕에 앉아 그 순간을 만끽했다. 우연히 들른 식당의 종업원들은 식사 중인 우리를 흘끗흘끗 보더니 K-POP 노래를 선곡했다. 내 옷에 그려진 태극기를 보고 한국에서 온 것이라는 추측을 했다는 것이다. 한국을 좋아한다며 수줍게 사진을 같이 찍자던 그들이 고맙기만 하다. 작은 식료품 가게에서 만난 한 소녀는 자신이 한국말을 공부하고 있다며 용기 내 다가왔고, 자신이 배운 한국말을 시험해 본다. 어눌하지만 한국을 사랑하는 마음이 느껴지던 카자흐스탄 시골 어린 소녀의 어눌한 발음까지도, 중앙아시아는 우리에게 마지막 밤까지도 풍성한 선물을 주었다.

코카서스 3국을 여행하다

조지아, 아제르바이잔, 아르메니아

불의 나라 아제르바이잔

터키의 UN참전 용사 어르신들을 찾아뵙기로 한 약속을 지키기 위해서는 코카서스 지역을 지나야 했고, 코카서스 3국으로 가기 위해서는 카스피해를 건너야 했다. 물론 코카서스 지역에도 강제이주 된 고려인들이 살고 있기에 코카서스에서 또 한 번 우리 민족의 삶을 느껴볼 수 있지 않을까 하는 기대도 해본다. 이렇게 멀리까지 강제이주 되어 고향을 그렸을 고려인 1세대들을 생각하니 가슴이 먹먹하다.

카자흐스탄 서부의 크루즈항에 도착했고, 다행히 오늘 밤 아제르바이잔의 수도인 바쿠로 향하는 페리선이 있다고 하여 출국 절차를 밟기로 했다. 출항까지는 시간적 여유가 있었고, 우리와 마찬가지로 출항시간을 기다리는 두 커플이 보였다. 기다리기 무료했던 나는 그들과 잠시 대화를 나눴다. 그들 모두는 유럽에서 출발하여 자전거로 세계여행을 하고 있다고 한다. 각각 프랑스와 스페인에서 왔다는 두 커플은 힘들 법도 한데 얼굴에 행복감으로 가득하다. 여행을 즐기는 모습이 멋지다는 생각과 동시에 그들의 사랑이 너무나 아름다워 보였다. 특히 스

호국영웅 따라 세계여행

페인 커플은 반려견과 함께 여행 중이었는데, 남자의 자전거 뒤에 반려견이 탈 수 있는 자리까지 마련하여 여행하고 있다고 한다. 스페인에서 온 여행견 '나래'가 항구에 상주하는 여러 마리의 개들과 사이좋게 뛰어놀고 있다. 국적과 상관없이 친구가 되어 뛰노는 강아지들의 모습 역시 우리와 다르지 않았다.

드디어 카스피해를 건너는 페리가 출발했다. 동해항에서 블라디보스토크로 가는 페리에 모터사이클을 선적한 경험이 있던 터라 절차가 어색하지 않았다. 한반도의 1.7배 면적의 카스피해는 세계 최대의 내해이다. 바다로 보느냐, 호수로 보느냐에 따라 호수 밑의 엄청난 자원의 소유권이 바뀌기에 오랜 시간 동안 주변 5개국의 분쟁지역이었다. 하지만 최근 주변 5개국은 27년 만에 '특수 지위 바다'로 합의했다. 하지만 우리가 타고 있는 페리 밑에 있는 자원의 존재는 변하지 않기에 크고 작은 이권 다툼은 계속되지 않을까 생각해본다.

우리가 탄 배는 아제르바이잔의 수도인 바쿠로 향하는 배였기 때문에 대부분 아제르바이잔 사람들이 타 있었고, 그중 '파밀'은 나에게 관심이 많았다. 밥시간이 되면 어김없이 우리 객실 문을 두드려 함께 먹자고 했다. 그에게 아제르바이잔 보드게임을 배웠고 보드카도 나눠 마시다 보니 지루할 것만 같았던 배에서의 20시간이 금세 지나가 버렸다.

저 멀리 밤하늘로 솟구치는 불기둥과 바다에 떠있는 수많은 시추선들이 감탄을 자아냈고, 불의 나라 아제르바이잔에 도착이 가까워 왔음을 직감했다. 캅카스 3국 여행이 시작된 것이다. 캅카스 3국은 캅카스 산맥에 위치한 세 나라 조지아, 아르메니아, 아제르바이잔을 일컫는데 코카서스 3국이라고도 불린다. 유럽에 도착했다고 하기에는 애매한 것이 문화적, 종교적, 역사적으로는 아시아보다는 동유럽에 가깝지만 지리상으로는 아시아로 분류되기 때문이다. EU에는 가입하지 못하였지만 축구는 유럽축구연맹에 편성되어 있기도 하다. 이곳 캅카스 3국을 지나면 꿈에 그리던 형제의 나라 터키에 도착할 수 있을 것이고, 그곳에서 한국전쟁의 영웅들을 찾아뵐 생각을 하니 가슴이 마구 뛰었다. 배에서 모터사이클을 하역한 뒤 입국 절차는 생각보다 빠른 시간에 이루어졌다. 비자확인과 모터사이클을 간단히 확인하고 보험가입 절차도 금세 끝났다. 불의 나라 아제르바이잔은 정말 특색 있는 나라였다. 아제르바이잔이라는 국호 자체도 '불'이라는 의미의 페르시아어 '아자르'와 '나라'라는 의미의 '바이잔'에서 비롯되었다고 한다. 19세기 말부터 개발하기 시작한 바쿠의 유전은 당시 세계 15%를 차지할 정도의 거대 유전이었다. 때문에 독일과 오스만튀르크 등의 당시 열강들이 눈독을 들였고, 화약고가 될 수밖에 없었던 복잡한 역사를 가지고 있기도 하다.

또한 연해주와 중앙아시아에서 만날 수 있었던 고려인들이 이곳 캅카스 3국에도 모여 살고 있다. 대륙을 건너 이 먼 곳까지 강제이주 되었다는 사실이 놀라우면서 가슴이 착잡했다. 이곳뿐만 아니라 또 다른 CIS국가 독립국가연합 인 우크라이나나 벨로루시 같은 동유럽 국가와 발트 3국까지도 고려인들이 살고 있다. 아제르바이잔에서 고려인들을 만

나 그들의 이야기를 듣고 싶었지만 이제는 소수만 남아있는 고려인을
만날 수는 없었다. 바쿠의 랜드마크인 불꽃을 형상화한 플레임타워와
아름다운 바쿠의 도심을 구경한 뒤 천연발화 불꽃이 있다는 야나르다
그 언덕으로 향했다. 지하에 매장된 엄청난 양의 천연가스에 붙은 천연
발화 불꽃은 무한하게 피어오르고 있었고, 세계각지에서 수많은 관광
객들이 모여 있었다. 지금은 자원개발로 거의 없어졌지만 과거에는 이
러한 천연발화 불꽃이 많이 있었다니 신기하기만 하다.

호국영웅 따라 세계여행

불의 나라 수도 '바쿠'에서 출발해 달리던 중 아제르바이잔 제2의 도시 '간자'에서 잠시 쉬어가기로 했다. 중앙아시아를 지나며 갑자기 추워진 날씨와 차디찬 주행풍에 손이 얼어붙는 고통을 느꼈던 우리는 두터운 방한 장갑을 구입하기로 했고 진묵이 장갑을 사러 시장을 돌아보는 동안 내가 모터사이클을 지키고 있기로 했다. 구경하는 사람들이 모여들었고, 젊은 청년들은 흥미로운 듯 사진을 찍는다. 그러던 그때 사건은 발생했다. 나이가 지긋하신 동네 어르신들이 알아들을 수 없는 그들의 언어로 나에게 화를 내는 것이다. 내 모터사이클에는 세계 여러 나라의 국기가 붙어있는데, 아제르바이잔 국기 옆의 아르메니아 국기를 손가락으로 가리키며 뭐라고 나에게 소리를 지른다. 아마도 그 나라를 여행하지 말라고 화를 내는 눈치다. 그 나라에 가지 않을 것이라고 말했지만 그는 내 모터사이클에 아르메니아 스티커를 떼어내려 하며 여전히 화를 내고 있다. 모터사이클에 손을 대지 못하게 하며 화난 표정으로 그를 쳐다보자 주변의 아제르바이잔 젊은이들이 동네 어르신들을 막아서며 나에게 미안하다고 사과한다. 긴장감 속에 다시 평화는 찾아왔다. 나는 단지 여행자라는 설명으로 그들과의 오해를 풀었고, 내 손으로 아르메니아 스티커를 잠시 다른 스티커로 덮어 두었다. 사실 이 두 나라의 관계가 좋지 않다는 것은 알고 이곳에 왔지만, 이 정도로 민족감정이 극에 달해있다고는 생각 못 했다. 사전에 각국의 관계에 대한 공부를 제대로 하고 오지 않은 나를 탓할 수밖에 없었다. 사실 그들은 서로 적국이라고 보아도 무방할 정도이니, 서로를 증오하는 것을 이해하지 않을 수 없었다. 이 두 나라는 수많은 전쟁과 희생, 그리고 휴전과 평화협정을 반복했지만 양국의 역사에 대한 인식과 감정은 여전히 해결되지 못하고 있다. 아제르바이잔은 나고르노·카라바흐 지역이 여전히 자신의 영토라고 주장하고 있으며, 아르메니아는 자신들이 터를 잡고 살아온 자신들의 땅이라 주장한다. 20세기 초 이미 십 수만 명의 대학살을 낳았던 아제르바이잔–아르메니아 양 민족 간의 대립은 소련의 붕괴로 민족, 종교, 영토 문제가 다각적으로 얽혀있다.

아그스타파라는 작은 도시에 도착해 몸을 누이고 스펙터클한 오늘 하루를 정리해본다. 세계여행을 하는 하나하나의 여행자가 대한민국의 국가대표라고 생각했던 나는 여행국에 대한 사전 이해를 제대로 하는 것이 정말 중요하다는 교훈을 얻었고 내 자신이 부끄러웠다. 앞으로 언젠가 찾아올 아제르바이잔과 아르메니아 양국의 평화를 기대해본다.

아름다운 조지아

 아제르바이잔과 아르메니아의 적대적인 관계 때문에 당연히 여행자들이 양국의 국경검문소를 통과하는 것은 불가능했다. 결국 유럽으로 향하는 관문인 터키로 가기 위해서는 조지아를 반드시 통해야 한다. 조지아는 아르메니아와 함께 세계에서 가장 오래된 기독교 국가인데 자타공인 와인의 나라이기도 하다. 조지아인들은 조지아가 와인의 발상지라 주장하기도 하는데, 크레브리라는 항아리를 사용하는 고대 와인 양조법이 신기했다. 최근 조지아를 여행하는 많은 여행자들이 프로메테우스의 신화가 깃든 카즈베기를 찾기도 한다. 국경을 통과하고 산과 들의 경치를 즐기다 보니 금세 수도 트빌리시에 도착했다. 조지아는 세계의 화약고라 불리는 캅카스 지역에서 비교적 높은 치안순위를 가지고 있는데다가 조지아 국경은 360일 무비자라는 관대함으로 우리를 맞아 주었다. 트빌리시의 구시가지는 지금까지 여행했던 구소련 국가들과는 다르게 동유럽의 향기가 물씬 났다.

 자유광장과 올드타운 등 트빌리시 시가지를 주행하다보니 트빌리시의 낭만에 푹 빠져버렸고, 트빌리시의 랜드마크 격인 나리칼라요새에도 오르고 싶어졌다. 아름다운 평화의 다리 부근에 모터사이클을 주차하고 조지아의 가장 높은 곳에 우뚝 솟은 나리칼라요새로 향하는 케이블카에 몸을 실었다. 4세기에 건축된 고대요새 나리칼라요새는 난공불락難攻不落의 요새라는 뜻을 가지고 있다는데 이곳에 올라 트빌리시 전경을 내려다보니 적의 침략을 막아내기에 최적지라는 생각이 들었다. 요새 내부의 성 니콜라스 교회와 세월의 흔적이 고스란히 녹아있는 성벽에 감탄하다 보니 어느새 밤이 깊었다. 성벽 가장 높은 곳에

앉아 트빌리시의 야경을 내려다보며 남은 여행일정에 안전을 기원해 본
다. 조지아 와인 한 잔과 함께 걷는 조지아의 밤거리를 사랑하는 이와
꼭 다시 와야겠다는 다짐을 하며 잠을 청했다. 아침이 밝고 K-POP을
사랑하는 수줍은 조지아 소녀와 인사한 뒤 수도 트빌리시를 빠져나왔
다. 다시 아름다운 조지아의 산과 들을 달려 아르메니아로 향한다.

아르메니아의 낭만

아제르바이잔에서 아르메니아 국기 스티커 때문에 고생했던 나는 이
번엔 반대로 아제르바이잔 스티커를 보이지 않게 덮고 입국을 준비했
다. 이슬람교를 국교로 하는 아제르바이잔과 다르게 아르메니아는 서기
301년 세계에서 최초로 기독교를 국교로 받아들인 나라이다. 성경에
나오는 노아의 방주가 대홍수로 표류하다가 도착한 곳으로 알려진 아
라랏산을 민족의 영산이라 여기기도 하는데, 지금은 사이가 좋지 않은
터키의 영토가 되었으니 그들 입장에서는 분하지 않을 수 없을 것이다.
아르메니아는 구소련 15개 국가 중 가장 작은데, 경상도 크기 정도밖에
되지 않는다. 인구도 300만 명밖에 되지 않지만 세계 각국에 흩어져 거
주하는 아르메니아인은 600만 명이 넘기에 본국보다 해외거주 인구가
훨씬 많은 나라이기도 하다. 아르메니아 입국 절차를 밟다보니 밤이 깊
었고, 스텝아나반이라는 작은 마을에서 머물게 되었다. 여행지 현지의
음식 먹는 것을 좋아하는 우리는 시장에서 현지 식재료를 구해 요리해
먹는 편이다. 하지만 밤이 깊어 식재료를 구할 수 있는 곳은 마을의 작
은 식료품점뿐이었다. 양념은 달랐지만 족발과 닭발 그리고 돼지 껍데
기까지 팔고 있었다. 의외의 곳에서 우리에게 친숙한 식재료들을 구입
하는 것은 색다른 경험이었다. 조지아에서 구입한 와인과 함께 푸짐하
게 차려 아르메니아 입성을 자축했다. 날이 밝고 수도인 예레반을 향해
다시 출발했다. 지난밤 건넜던 마을 진입로의 교각에 다다르자 믿을 수
없는 풍경이 펼쳐졌다. 다리 밑에 아름다운 계곡이 층지어 있는 것이
아닌가! 지난밤 분명 이곳을 지나 마을에 진입했었지만 다리 밑에 이런
아름다운 경관이 있을 것이라고는 전혀 생각지 못했다. 이곳의 정체를

알아보려 검색해 보았으나 현지인들의 소셜미디어에 사진 몇 장 있을 뿐이었고, 멀리 한국 땅에서는 전혀 찾아오는 이가 없는 곳인 듯하다. 주변 다른 마을에서 잠을 청했다면 절대 볼 수 없었을 광경이다. 예상치 못한 곳에서 뜻밖의 아름다움을 만끽하는 것이 지금 내가 하고 있는 여행의 참된 가치라는 생각이 다시 한번 드는 순간이었다.

아르메니아가 평균고도 1,800m의 고지대다 보니 예레반까지 가는 길의 풍경은 너무도 아름다웠다. 높은 경사 때문에 멈춰버린 트럭을 그냥 지나칠 수 없어 그들과 힘을 모아 정상까지 밀어주다보니 시간을 많이 지체했지만 어느덧 아르메니아의 수도인 예레반에 도착했다. 예레반은 크고 화려한 도시는 아니지만 분명 아름다운 도시었다. 대표적인 관광지인 공화국 광장의 분수 쇼는 주변의 유럽풍 건축양식과 어우러져 아름다움을 뽐냈다. 그보다 더 아름다운 것은 그곳의 분위기를 즐기는 가족들과 연인들이었다. 음악에 맞춰 누구보다 행복하게 아빠와 춤을 추는 딸과, 사랑의 눈빛으로 서로를 마주보고 이 순간을 즐기는 아름다운 아르메니아 커플들을 보니 마음이 정화되는 느낌이다.

예레반이 마음에 들었던 우리는 잠시 이 도시에서 머물기로 했다. 먼저 지저분한 머리와 수염을 정리했다. 바버샵 디자이너들은 수염도 나지 않는 동양인이 수염정리를 해달라니 마냥 신기했는지 자신의 수염을 보여주며 웃는다. 이들은 수염 없는 남자를 더 신기해한다는 것을 알기에 이 사람이 웃는 이유를 충분히 알고 있었다. 동양인은 수염이 많이 나지 않는다는 나의 말에 신기했는지 서로 마주보고 크게 한바탕 웃었다.

호국영웅 따라 세계여행

예레반 게스트하우스에서 만난 '창헌 형님'은 이미 세계여행을 마쳤고 이번에 소방공무원에 합격해 소방학교 입교 전 여행을 왔다고 한다. 여행을 즐기는 이들은 항상 반갑다. 함께 서로의 여행 이야기를 듣다 보니 시간가는 줄 몰랐다. 예레반 시민의 추천을 받아 'WILD WEST'라는 라이브 펍에서 목소리가 너무 섹시한 보컬이 여행자인 우리를 위해 노래를 불러주겠다고 한다. 흥이 올라 예레반 유명 클럽에서 세계적으로 유명한 아라라트 코냑을 마시며 예레반 일정을 마무리했다. 스탈린은 1945년 얄타회담에서 윈스턴 처칠에게 아라라트 브랜디를 선물했는데, 처칠이 브랜디를 너무 좋아하자 일 년 내내 마시라고 아라라트 코냑을 365병 보냈다는 이야기로 아라라트 브랜디는 더욱 유명해졌다. 마시고 있는 코냑에 얽힌 역사와 이야기를 알고 마시니 더욱 감명 깊은 맛이다. 예레반에서 더 머물다가 귀국한다는 창헌 형님과는 한국에서 다시 만날 날을 기약했고, 우리는 다음 나라로 향했다. 아르메니아 남쪽의 이란을 거쳐 터키로 입국하려 했다. 나는 한국에서 미리 이란 비자를 발급받아왔기에 언제든 이란 입국이 가능했지만, 대사관에서 아무리 기다려도 진묵의 비자가 해결되지 않는다. 루트 변경이 필요했고 곧바로 형제의 나라 터키로 향하기로 했다. 아르메니아와 국경을 접하고 있는 터키로 바로 가고 싶은 마음이 굴뚝같았다. 하지만 아제르바이잔에서 아르메니아 국경을 통과할 수 없는 것처럼 아르메니아에서 터키 국경을 넘을 수 없었다. 결국 처음 입국했던 북쪽의 조지아로 다시 돌아가 터키에 입국하기로 했다. 반도 국가인 대한민국이 다른 나라에 가려면 비행기나 배편을 이용해야 하는 것처럼, 아르메니아도 주변국과의 관계 때문에 어쩔 수 없이 섬과 같이 되어 버린 것이다. 물에 잠긴 비포장도로를 달려 조지아로 향하던 중 아르메니아 제2의 도시 규므리에서 잠시 멈췄다. 조용한 아르메니아의 마지막 밤. 거리를 거닐며 캅카스3국 여행을 정리해 본다. 고도가 높았던 탓인 건지 겨울이 다가오고 있는 것인지는 모르겠지만 우리의 여행 일정이 아직 많이 남았는데도 주변에 쌓인 눈은 두터워져만 간다.

조지아 설산(雪山)을 넘다

다시 돌아온 조지아는 수도 트빌리시를 여행할 때의 아름답기만 한 조지아는 아니었다. 도로상황을 반영하지 않은 내비게이션 덕분에 코카서스 산맥의 가파른 경사를 넘게 됐고, 그것이 혹독한 어드벤처의 시작이었다. 처음에는 가파른 흙길이 계속되어도 언젠가는 제대로 된 포장도로가 나올 것이라며 긍정적으로 생각했다. 하지만 길은 점점 가팔라지기만 했고, 폭포가 떨어지는 길을 건너기도 했다. 지나온 길을 뒤돌아 가야 하나 수도 없이 고민했지만 지나온 험로를 다시 돌아 내려갈 자신이 없었다. 자포자기의 심정으로 주변 경치를 즐기며 험로에서의 어드벤처를 즐겼다. 가까스로 정상에 도착했지만 아름다운 경치에 취하는 것도 잠시였다. 하산길이 시작되자 지금까지의 고생은 예고편에 불과했다는 것을 깨달았다. 정상에 두텁게 쌓인 눈 때문에 길이 보이지 않았고, 눈길을 개척해서 앞으로 나아갔다. 출발과 동시에 눈밭에서 헛바퀴만 돌았고, 모터사이클에 적재된 무거운 직재물을 내려놓고 나서야 눈밭에서 모터사이클을 꺼낼 수 있었다. 그뿐만이 아니었다. 본격적인 하산이 시작되자 구불구불한 빙판길이 펼쳐진 것이다. 이 산만 내려가면 캅카스 3국의 마지막 도시 바투미에 도착할 것이고, 곧이어 따뜻한 흑해 해안을 따라 터키에 진입할 것이라는 희망은 우리를 계속 나아가게 했다. 안전을 위해 천천히 주행하다 보니 해가 지고 나서야 터키와 국경을 나누고 있는 휴양도시 '바투미'에 도착했다. 몇 번의 위험한 고비는 있었지만 문제없이 우리를 이곳에 데려다준 모터사이클에게 너무도 감사했다.

　조지아에서 트빌리시에 이어 2번째로 큰 도시인 바투미는 흑해의 인기 있는 휴양도시이다. 지나가던 라이더들은 설산을 넘느라 밤늦게 도착한 우리의 호텔 안내를 도와주었다. 두 달 전 동해에서 페리에 몸을 실었던 것이 엊그제 같은데 어느덧 카스피해를 건너 흑해까지 도착했다. 눈밭을 달려 도착한 코카서스의 마지막 도시 바투미는 휴양지답게 날씨가 따뜻했다. 수백 년 전부터 아시아와 유럽의 경계에 위치해 있는 이곳 코카서스 여행은 정말 다이내믹했다. 종교와 언어, 문화와 인종분포가 상당히 복잡했을 뿐만 아니라 아제르바이잔과 아르메니아는 국가 감정이 심각함을 느꼈다. 언젠가 이들 코카서스 3국의 화합될 날을 기대해보며 따뜻한 흑해 해변을 거닐었다. 전날 조지아의 험한 설산을 넘고 나니 고진감래 苦盡甘來 가 무엇인지 제대로 배웠다.

호국영웅 따라 세계여행

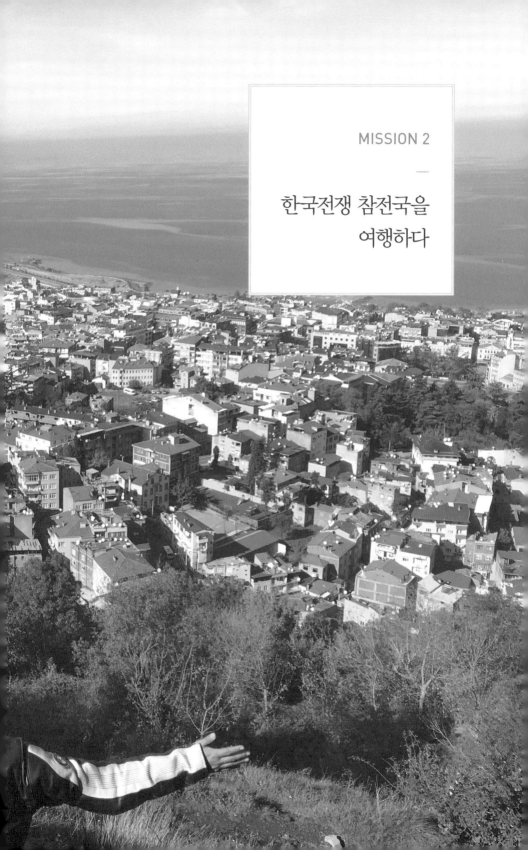

MISSION 2

—

한국전쟁 참전국을
여행하다

형제의 나라에서 만난 진정한 형제들
터키, 그리스

흑해를 품은 도시 트라브존의 형제들

칸카스 3국의 마지막 도시인 조지아 바투미에서 출발해 조지아-터키 국경으로 향했다. 형제의 나라 터키는 우리 여행에 가장 큰 의미를 주는 국가 중 하나였다. 서울에서 참전용사 기념행사에 참석한 적이 있는데, 그곳에서 만났던 터키군 한국전쟁 참전용사들과 이스탄불에서 다시 만나기로 했기 때문에 더욱 기대되는 여행국이었다. 국경 통과에 베테랑이 된 우리는 간단히 입국 및 보험절차를 마치고 터키에 입국했다.

터키에 입국해서 1차 목적지인 트라브존까지 가는 흑해 해안도로는 너무도 아름다웠다. 흑해는 러시아, 조지아, 터키, 조지아, 우크라이나, 루마니아, 불가리아에 둘러싸인 내해이다. 동유럽과 중앙아시아의 문명을 품고 있는 이곳은 언뜻 보기에 호수같이 보이지만 이스탄불 근처에 있는 좁은 보스포루스 해협과 마르마라해를 거쳐 지중해로 연결되기에 바다로 분류된다. 기후에 영향을 많이 받는 모터사이클 여행자인 우리는 지중해성 기후의 영향을 받은 흑해의 해안도로가 너무 좋았다.

주행하기에 적절한 기온과 흑해에 반사되어 부서지는 아름다운 햇살은 콧노래를 절로 나오게 만들었다. 눈부시게 아름다운 흑해 어느 해변을 발견하고는 나도 모르게 멈춰 섰다. 조약돌 물수제비 내기를 하며 즐기던 그날의 여유는 평생 잊지 못할 추억의 한 장면이 되었다.

드디어 터키 여행의 첫 도시 트라브존에 도착했다. 트라브존은 터키의 흑해 연안의 도시로 오랜만에 만나는 비교적 큰 도시였다. 우리는 먼저 아르메니아 예레반에서 만난 창헌 형님의 소개로 알게 된 '제말출락'을 만나기로 했다. 제말은 트라브존의 번잡한 시내에서 휴대폰 액세서리점을 운영하고 있었는데, 아직 근무시간이여서 트라브존 시내를 구경하며 제말을 기다리기로 했다. 제말 또한 모터사이클을 타고 러시아를 여행한 경험이 있어서 우리를 더욱 반갑게 맞아주었고, 호탕하고 배려 깊은 성격의 제말과는 금세 친해질 수 있었다. 제말의 집에 초대받은 우리는 우리보다 앞서 초대받은 북아프리카 알제리의 투팍을 만났고, 트라브존에서 우리 넷은 가족처럼 지냈다.

호스트인 제말은 이을용 선수가 활약하던 트라브존스포르의 축구중계와 퇴근 후 라디오 음악프로를 진행하는 만능 엔터테이너로, 몇 달 뒤 직장을 정리하고 세계여행을 떠날 예정이라고 한다. 투팍은 이탈리아계 회사에 다니지만 프랑스에서 일하고 있다고 하는데 5개 국어에 능통하다고 하니 부러울 따름이다. 3개 대륙에서 모인 우리는 각자의 여행 사진을 공유하며 즐거운 시간을 보냈다. 날이 밝고 본격적인 트라브존 여행을 시작했다. 호스트인 제말은 아시아와 아프리카에서 온 손님들에게 트라브존을 무척이나 소개해주고 싶었는지 출근길에 나서며 정말 아쉬워했다. 대신 한국인 유학생 '오냐'를 소개시켜 줬는데, 그녀

는 이곳에서 원어민 수준의 터키어를 구사했고, 트라브존 여행의 통역
사가 되어 주었다. 알제리 청년 투팩과 터키유학생 오냐를 모터사이클
뒷좌석에 각각 태우고 트라브존 주요 관광지인 아야소피아와 쉬멜라
수도원 등을 돌아보았다. 오냐의 한국어 해설과 함께여서 그들의 종교
역사와 문화를 한층 더 깊게 알 수 있었다.

　그중 최고는 보즈테페 언덕에 올라 내려 보는 흑해 최대의 도시인 트
라브존의 전경이었다. 그 뒤로 보이는 검고 드넓은 흑해의 모습은 도시
를 더욱 아름답게 만들었다. 우리는 한동안 도시의 가장 높은 언덕에
앉아 아름다운 흑해를 즐겼다. 터키에서 우리는 터키식 홍차인 '차이'
를 매일같이 마셨다. 터키인들이 하루 종일 차이를 입에 달고 사는 모
습이 생소했지만 우리도 결국 그들이 권하는 차이의 맛에 중독되어 터
키여행 중에 쉴 새 없이 마셨다.
　터키식 커피도 정말 신기했다. 터키사람들은 커피를 다 마신 후 찻잔

을 뒤집어 남은 잔여물로 점괘를 본다. 카페 여종업원이 내가 마신 커피잔으로 나의 여행 운을 봐주겠다고 한다. 아주 먼 길이 보이고 그 길들이 다리로 이어져 있다고 한다. 아직 험난한 여행길이 남아있지만 결국엔 잘 해결해 나갈 거라는 나름의 긍정적인 해석을 해본다.

피부색도 종교도 모두가 달랐던 우리들은 서로에 대한 이해와 교감으로 진짜 친구가 되었고, 밤이 깊도록 트라브존 시내의 한 펍에서 맥주를 마셨다. 트라브존의 마지막 날, 제말의 액세서리 샵에서 그와의 마지막 차이를 마셨다. 제말에게 너무 많은 신세를 진 것 같아 미안해하자 그도 한국에 여행 가면 신세를 지겠다며 너스레를 떤다. 그에게 한국에서 가져온 기념 티셔츠도 선물했다. 세계여행을 준비 중인 제말에게 한국에서 도움을 줄 날을 기약해 본다.

터키에서 만난 사람들

귀미샤네-에르진칸-시바스로 가는 길이 너무도 아름다워 주행하는 재미가 있었다. 시바스에 도착하기 전 작은 시골마을 케밥 식당에서 만난 유쾌한 군인들과의 대화도, 어디서나 들리는 이슬람 기도음악 '아잔'을 들으며 하던 모터사이클 정비도 터키에서의 모든 장면이 소중한 추억으로 남았다. 시바스에 도착했고, 캠핑에 필요한 비상식량을 보충하려 시내를 주행 중이었다. 지나는 라이더들은 어김없이 우리를 따라와 도움을 주고 싶어 한다. 시바스에 오래 머무를 수는 없었지만 친절한 젊은 라이더들의 호의를 무시할 수는 없었다. 타하, 세르겐, 손귈의 모터사이클을 따라갔고, 시바스역 앞의 예쁜 카페에서 차이를 마시며 즐거운 시간을 보냈다. 우리가 한국 사람이라고 소개하자 손귈은 자신의 할아버지가 한국전쟁 참전용사셨다고 한다. 우리가 터키군 한국전쟁 참전용사들께 감사함을 전하기 위해 한국에서 달려왔다는 사실을 알고는 믿을 수 없다며 놀라워한다. 손귈의 할아버지를 찾아뵙고 싶었지만 이미 돌아가셔서 아쉽게도 찾아뵐 수는 없었다. 대신 손귈에게 감사함을 표현하고 태극기 배지를 달아주었다. 아마도 하늘에 계신 손귈의 할아버지께서 우리를 만나게 해주셨을지도 모르겠다는 생각이 들었다. 시바스 청년들과의 짧지만 의미 있는 만남을 뒤로하고 카이세리에서 쉬어가기로 했다.

카파도키아 왕국의 수도였던 카이세리의 지명은 로마시대의 카이사르에서 비롯되었다고 한다. 셀주크투르크 때에는 아시아와 유럽을 잇는 중요한 교역지였던 이곳은, 상업이 발달하였다. 그런 카이세리에서는 비싸게 팔아먹으려는 상인과 무조건 반값을 부르는 구매자가 빈번하다 보니, '카이세리 사람 짓을 한다'라는 재미있는 말이 생겨났을 정도라고 한다. 실제로 경험해 보고 싶은 마음에 카이세리 시장에 들러 터키 국기가 크게 그려져 있는 티셔츠를 샀는데, 물가를 생각하더라도 터무니없이 싼 가격이다. 야시장에 들러 트라브존의 특산품인 흑해 생선 '함씨'와 홍합에 밥을 넣어 먹는 '미디에돌마'도 저렴하게 먹을 수 있었다.

시장에 와 보지 않았더라면 카이세리 사람들은 나에게 평생 억울한 누명을 쓸 뻔했다. 우리가 대한민국에서 왔다는 사실을 들은 터키의 상인들은 언제나 친절했고, 언어는 통하지 않아도 터키인들과의 대화는 항상 즐거웠다.

모든 여행자의 버킷리스트 카파도키아

세계적으로 유명한 관광지인 카파도키아 괴레메 지역에 도착했다. 물론 카파도키아는 터키 중부 아나톨리아 지역을 아우르는 말이기에 이미 어제 도착한 카이세리 또한 카파도키아에 속한다. 하지만 카파도키아의 대표적인 이미지는 외계행성을 닮은 괴레메 지역을 떠올리기 마련이다. 본격적인 카파도키아 여행이 시작되었다고 할 수 있다. 스타워즈와 스머프 제작에 영감을 줄 정도로 기괴한 이곳은 대규모 화산폭발 지역이었다. 마그마 분출로 만들어진 용암바위 주위로 폭발 후폭풍인 화산분진이 내려앉아 응회암으로 굳어져 둘러싸였는데, 응회암은 화성암에 비해 경도가 약하기 때문에 쉽게 깎여나가 이러한 독특한 지형이 만들어진 것이다. 모터사이클을 타고 괴레메를 달리는 기분은 이루 말할 수 없었다. 이곳이 지구 안의 또 다른 행성이 아닐까 하는 생각마저 들었다. 닐 암스트롱이 이곳에 와서 "진작 여기에 와 봤더라면 굳이 달에 갈 필요가 없었을 것이다"라고 했던 말이 그냥 한 말은 아니었나보다. 괴레메의 야경을 즐기기 위해 괴레메의 가장 높은 곳에 올랐다. 낮에는 다른 행성의 외계인이 살다가 간 곳이라는 느낌이었다면, 노란 불빛들이 어우러진 그곳의 야경은 꼬마 요정들이 살고 있는 마을 같았다. 요정의 마을 골목골목을 거닐었고, 아침에 있을 아름다운 벌룬쇼를 기대하며, 카파도키아 특유의 동굴 숙소에서 잠을 청했다.

동이 트기 훨씬 전부터 준비하고 미리 알아둔 일출 포인트로 이동했다. 세계적으로도 유명한 카파도키아에 열기구들을 보기 위해서였다. 생각보다 큼지막한 열기구들이 하나둘 부풀어 올랐고 수많은 열기구가

호국영웅 따라 세계여행

일제히 하늘을 뒤덮을 즈음에 해가 뜨기 시작한다. 카파도키아 하늘의 열기구와 뜨는 태양이 어우러질 때 수많은 여행자들은 감동했다. 오래 전부터 보고 싶던 장면이 눈앞에 펼쳐지고 있다니 믿기지 않았다. 나의 또 하나의 버킷리스트를 완료하는 순간이었다. 아름다운 카파도키아를 뒤로하고 앙카라로 향하던 중 투즈골루 소금호수에 들렀다. 남미 볼리비아 우유니 사막과 비슷한 이곳은 계절과 기온에 따라 색이 달라지는 카멜레온 같은 곳이다. 수분이 증발하고 염도가 높아지면 핑크빛에서 맑은 빨간색으로 변한다. 우리가 도착했을 때는 핑크색의 끝없는 소금호수가 펼쳐져 있었다. 지각변동으로 바다가 솟아올라 소금을 남긴 이곳의 소금은 터키 소금 소비량의 60% 이상을 차지한다고 한다. 핑크빛 소금호수를 뒤로하고 우리는 터키의 수도인 앙카라로 향했다.

호국영웅 따라 세계여행

터키 한국공원을 가다

앙카라에 진입하는 입구에서 캠핑장을 발견하고는 그곳으로 향했다. 캠핑장과 호텔을 같이 운영하는 곳이었는데, 고급스러운 호텔 객실 이용료가 캠핑장 자리대여 비용과 별 차이가 없었기에 호텔에서 편히 쉬기로 결정했다. 호텔에서 쉬면 아무래도 캠핑을 했을 때보다 체력회복에 도움을 준다. 다만 캠핑하며 먹으려고 미리 준비해둔 식재료들이 문제였고, 호텔 관계자에게 캠핑장에서 요리를 해도 괜찮겠냐며 양해를 구했다. 그는 우리에게 더 좋은 곳을 소개해 주겠다며 호텔 내 레스토랑 주방장을 소개시켜줬고, 주방장은 형제의 나라 손님들을 환영한다며 레스토랑 주방의 모든 식기와 재료들을 사용해도 좋다고 했다. 우리는 토마토소스 스파게티와 스테이크를 넉넉하게 요리했고, 터키 호텔 요리사들과 함께 요리하며 우리의 요리를 대접하는 영광을 누렸다. 맛있는 요리와 편안한 호텔시설도 인상 깊었지만 호텔 직원들의 따뜻한 배려 덕분에 터키의 수도인 앙카라로 달리는 내내 유난히도 상쾌했다.

터키의 수도를 이스탄불로 알고 있는 사람이 정말 많다. 역사적 위상과 세계적인 관광도시라는 타이틀 때문이면서 터키 제1의 도시이기 때문일 것이다. 반면에 수도 앙카라는 정치, 경제, 행정의 중심지인 수도의 역할을 하지만 이스탄불에 비해 찾는 여행자는 많지 않다. 하지만 앙카라에 먼저 가야만 했다. 앙카라에는 한국전쟁에 참전한 터키군을 기리기 위해 만든 한국공원이 있기 때문이다. 앙카라에서 한국공원은 어렵지 않게 찾을 수 있었다. 터키에서는 볼 수 없는 한국적인 건축양식과 대형 태극기가 멀리서 보였기 때문이다. 공원 울타리에는 태극기와 터키국기가 번갈아 그려져 있었고, 입구에는 한글로 '한국공원'이라고 적은 명패가 붙어 있었다. 공원이 잘 관리되지 않을 줄 알았는데, 공원 입구에 현지 관리자가 상주 할 정도로 잘 관리되고 있었다. 관리자는 한국에서 모터사이클을 타고 달려왔다는 사실에 놀라며 우리에게 친절히 안내해 주었다. 공원에 들어서자 경주 불국사의 석가탑을 본떠 만든 '한국참전 토이기 기념탑'이 공원의 중심을 이룬다. 이 기념탑은 터키공화국 건국 50주년을 맞이한 1973년에 한국정부가 헌정한 것으로, 하단의 둘레에는 6·25전쟁에 참전하여 전사한 터키 병사들의 명단이 새겨져 있었다. 참전 기념탑 중앙에는 터키군 참전용사들께서 묻혀계신 부산 UN군 묘지에서 가져온 흙이 담겨있다.

터키는 1950년 한국전쟁 발발 후 UN군에서 4번째 규모를 파병했다. 14,936명의 지상군을 파병했는데, 초전에 741명이 전사했고, 그 중 462분을 부산의 UN군 참전묘지에 모시고 있다. 터키군은 한국전쟁에서 많은 공을 세웠고, 특히 용인 김량장 전투는 터키군 1개 여단 병력으로 중공군 2개 사단을 물리친 대표적인 전투로 알려져 있다. 너무 잘 만들어진 공원이 관리까지도 너무 잘 되고 있어 뭔가 안심이 되었다. 지금까지 여행하며 관리 되지 않는 많은 해외 독립운동 사적지를 보아왔기 때문에 관리가 잘 되고 있는 곳을 만나면 마음에 안정이 찾아온다. 가을에 접어들면서 무수히 떨어진 은행나무 낙엽들을 오후 내내 청소했고, 더욱 깨끗해진 앙카라 한국공원에서 오늘도 뿌듯한 여행을 이어나간다.

한국전쟁 참전용사를 만나다

 수도 앙카라에서 이스탄불로 이동하던 중 '볼루'라는 소도시에서 쉬
어가기로 했다. 볼루 시내에 접어들자마자 반대편에서 모터사이클을 탄
3명의 무리가 경적을 울리며 우리에게 인사를 하고 지나친다. 얼마 뒤

호국영웅 따라 세계여행

방향을 틀어 우리를 뒤쫓아오기에 잠시 갓길에 멈춰 섰다. 여행하며 만나는 낯선 사람들에게 경계할 수도 있지만 여행하며 만나는 낯선 라이더에게는 자연스레 경계를 풀게 된다. 아마도 지금까지 여러 나라에서 많은 라이더에게 도움을 받았기 때문일 것이다.

볼루의 모토클럽 소속이라고 자신들을 소개한 그들은 우리를 호텔로 안내했고, 우리의 짐 정리를 도왔다. 고마운 그들과 차이를 마시기로 했다. 늦은 시간이었음에도 불구하고 카페에는 우리의 소식을 듣고 모여든 모토클럽 사람들이 많이 모여 있었다. 그중에는 수십 년을 모터사이클과 함께했다는 멋스러운 백발의 노인들도 있었는데, 한국에서 온 형제 라이더들을 환영한다며 터키 전통인사를 한다. 대화가 무르익고 터키 음악에 맞추어 터키 춤을 배웠다. 그들은 나의 춤이 우스꽝스러웠는지 정신없이 웃었다. 작은 파티가 마무리되어갈 때쯤 우리가 형제의 나라 터키에 온 이유를 그들에게 설명해 주었다. 터키군 한국전쟁 참전용사 어르신들을 뵙고 감사함을 꼭 전하고 싶다는 나의 말에 그들은 크게 놀라워했다. 그들의 말에 의하면 볼루에도 과거 꽤나 많은 참전용사분이 계셨다고 한다. 얼마 전에도 참전용사 어르신 한 분의 장례를 치렀다고 한다. 조금만 더 빨리 여행을 시작할 수 있었다면 그 어르신께 감사하다는 말을 전할 수 있었을 텐데, 너무도 아쉬운 마음이 들었다. 한편으로는 그분들께 감사함을 전할 수 있는 시간이 별로 남아있지 않다는 생각에 마음이 조급해졌다.

그러던 중 에르도안이라는 할아버지께서 한국전쟁 참전용사 어르신 한 분이 병원에 누워 계시다며 지인을 통해 연락을 하신다. 덕분에 한국에서 당신을 만나고 싶어 왔다는 소식을 참전용사 어르신께 보호자를 통해서 전달할 수 있었고, 병실에 들르라는 답변을 받았다. 카페에 있던 모두가 병상에 누워계신 참전용사 어르신을 찾아뵙기로 했다.

　병원 입구에 도착하자 참전용사 어르신의 자녀분들이 마중 나와 계셨다. 자녀분들의 안내를 받아 참전용사 어르신이 계신 병실까지 경건한 마음으로 걸었다. 병실 입구에 다다르자 참전용사 어르신을 만나 뵐 수 있다는 기대감과 병실에 누워계신 그분께 조금 더 일찍 왔다면 하는 아쉬움에 만감이 교차했다. 병실 문을 열자 백발의 터키군 한국전쟁 참전용사 어르신이 누워계셨다. 배변 줄을 달고 계시는 어르신의 건강은 좋아 보이지 않았다. 어르신께서는 분명 돌아눕기도 어려워 보였지만 한국에서 찾아온 우리를 보고 간병인의 도움을 받아 비스듬하게나마 자리에 앉으셨다. 내가 어르신께 가까이 다가가자 작은 목소리로 우리말을 하신다. "감사합니다…." 한국전쟁 이후 70년 동안 한국에 가보신적 없는 어르신의 입에서 나온 "감사합니다"라는 한국말은 나를 울컥하게 만들었다.

　몸 상태만 좋으시다면 당장 한국으로 모시고 가서 당신이 지켜낸 세계에서 가장 가난한 나라 대한민국에 나타난 기적을 보여드리고 싶었다. 아쉬운 나머지 핸드폰으로 세계적인 대도시가 된 서울의 모습이 잘 담긴 사진 몇 장을 보여드렸다. 사진을 보고 크게 반응을 하실 수 없으셨지만 놀란 듯 휘둥그레지는 그의 눈빛을 보았다. 어르신의 자녀분께 마지막으로 통역을 부탁드렸고 "당신 덕분에 나의 나라가 잘 살고 있습니다", "당신은 우리의 영웅입니다" 이 말을 또박또박 전해 드렸다. 어르신은 다시 한번 작은 목소리로 "감사합니다"라고 말씀하신다. 준비한 태극기 배지를 그의 옷깃에 달아드리고, 작은 태극기도 전달 해 드렸다. 몸이 편치 않으신 어르신께 더 이상 부담을 드릴 수 없었고, 아

　　　　　　　　　　　　호국영웅 따라 세계여행

쉬운 마음을 뒤로한 채 마지막 경례를 드렸다. 내가 지난 군 생활 내내 해왔던 어떠한 경례보다 경건한 마음의 경례였을 것이다. 여행이 끝나고 수개월 후 일상으로 돌아왔을 때 함께했던 터키 친구들에게 어르신의 장례식 사진 한 장이 도착했고, 고마운 당신이 편히 잠드실 수 있길 기도했다.

오늘은 볼루 모토클럽 사람들과 함께 근처 국립공원에 가기로 약속한 날이다. 평일의 이른 아침인데도 불구하고 지난 밤 우리가 이곳에 왔다는 소식을 듣고는 십여 명이 모여들었다. 그중에는 십대의 어린 학생부터 노인들까지 다양한 사람들이 모여 있었다. 러시아의 도로를 주행할 때도 항상 우리를 둘러싸고 안전하게 호위를 해주었는데 그들도 다르지 않았다. 터키 라이더들의 중심에서 터키의 맑은 날씨를 만끽하는 느낌은 정말 상쾌했다.

공원에 도착하자 아름다운 골죽레이크의 모습이 나타났다. 숲이 호수에 반사되어 비친 모습은 아름다운 데칼코마니를 보는 듯했다. 미술

작품 같은 배경을 옆에 두고 공원 한편에 자리 잡은 우리는 즐거운 대화를 이어나갔다. 백발의 노인 타스잔이 준비해온 터키 전통 빵인 시미티는 정말 고소했고, 영어를 할 줄 아는 멋쟁이 통역사 빅파파 할아버지는 우리에게 캠핑용 가스를 선물했다. 국경을 초월하고 우정을 쌓다 보니 시간이 금세 흘렀다. 술집 뎀테켈의 사장인 뎀의 가게 오픈 준비를 해야 한다는 말에 우리는 다 함께 볼루 시내로 다시 달렸다. 20대 중반의 무라트는 첫 만남부터 줄곧 우리와 함께였다. 무라트는 볼루 시내에서 자신의 친구들을 보여주고 싶어 했고, 마당발인 무라트 덕분에 시내에 많은 젊은이들과 인사를 하고 다녀야 했다. 뒤이어 무라트는 우리를 집에 초대했다. 부모님과 고등학생 동생인 세다트와 함께 먹었던 터키 생선요리 함씨의 담백한 맛은 일품이었고, 답례품으로 무라트의 아버지께 선글라스 하나를 선물했다. 무라트의 아버지는 그 선물을 정말 좋아하셨다. 첫 만남부터 무라트와 함께 우리를 도왔던 동년배의 세즈긴은 마치 형처럼 우리를 챙겨주었다. 그와 함께 언덕에 올라 볼루의 아름다운 야경을 즐기며 함께 먹었던 코코레취 양내장으로 만든 케밥 의 맛은 평생 잊지 못할 맛이었다. 세즈긴과 함께 볼루의 밤거리를 거닐었고, 오락실 게임과 볼링 내기도 했다.

세즈긴과 헤어져 호텔로 이동하려 했다. 그때 전화 한 통이 왔다. 낮에 함께 골죽 국립공원을 라이딩하던 친구 빌올이 자신의 자취방으로 오라고 전화가 온 것이다. 자신은 부모님 일이 있어 함께 할 수 없지만 자신의 룸메이트가 우리를 기다리고 있을 거란다. 숙소를 아직 잡지 못한 우리에게 너무 고마운 말이 아닐 수 없었다.

세즈긴을 따라 그들의 집으로 향했다. 우리가 올 것을 알고 기다리던 집주인 '잔'은 수염이 북슬북슬하지만 선한 인상의 대학생이었다. 잔을 따라 방에 들어서자 대형 터키국기가 한눈에 들어온다. 터키사람들은 집이나 차에 항시 붉은색의 터키 국기를 달아놓는다. 그 옆에는 대부분의 집에 있는 터키의 개혁가이자 초대 대통령인 아타튀르크의 사진이 놓여있다. 터키의 축구팀 베식타스의 광팬이라는 그와 터키 전통술 라크를 마시며 인간미 있던 볼루 여행을 마무리한다.

볼루 여행의 마지막 아침이 밝았다. 이곳에 머물 계획은 없었지만 정말 좋은 터키 형제들을 만나 우정을 쌓았다. 며칠이고 더 머물며 그들과 추억을 더 만들고 싶었지만 이스탄불에 또 다른 참전용사 어르신들이 우리를 기다리고 계시기에 우리는 갈 길을 이어가야 했다. 우리가 떠난다는 소식을 들은 세즈긴에게 연락이 왔다. 모토클럽에 모여서 기다릴 테니 차이를 마시고 가라는 것이다. 너무 고마운 마음에 모토클럽으로 단숨에 달렸다. 모토클럽에 도착하자 수많은 모터사이클이 줄을 서 있었다. 세즈긴에게 오늘 무슨 일이 있는 것인지 묻자 우리를 배웅하기 위해 모여든 사람들이라고 한다. 그 말을 듣고는 너무도 놀랐다. 지금까지도 많은 도움을 받았는데 자신들의 도시인 볼루를 빠져나가 다음 도시까지 바래다주겠다는 것이다. 그 많은 사람들이 평일 오전부터 우리를 위해 시간을 내줬다는 것에 너무 감사하기도 했지만 미안한 마음이 들어 정중히 거절했다. 하지만 그들은 시간이 많다며 너스레를 떨 뿐이다. 사실 모터사이클 여행자인 우리에게 마지막까지 함께 달리는 현지 라이더들의 의리는 엄청난 영광인 것이다.

볼루 마지막 라이딩에는 무라트의 동생인 고등학생 세다트부터 백발의 노장 라이더들까지 함께했다. 남녀노소 다양한 사람들이 함께 모터사이클을 건전하고 안전하게 즐기는 모습이 부러웠다. 한국의 문화 수

준에 비해 모터사이클에 대한 인식은 후진국 수준이다. 아직 고등학생인 세다트는 아직 모터사이클을 타지 못하는 고등학생이지만 우리와 인사를 꼭 해야 한다며 형 무라트의 모터사이클 뒷좌석에서 함께했다. 볼루에서 이스탄불로 향하는 길목에 있는 뒤즈제의 어느 산 정상 공터에 도착해서 그들과 마지막 인사를 한다. 마지막 기념촬영에 알맞은 탁 트인 경치였다.

호국영웅 따라 세계여행

참전용사들께 대하여 경례!

드디어 이스탄불에 도착했다. 세계적인 관광도시인 이스탄불인 만큼 가고 싶었던 곳이 많았지만 가장 먼저 찾아야 할 사람이 있다. 지난 7월 서울 UN 참전의 날 행사에서 처음 인연을 맺은 터키한국전쟁 참전용사이신 '아리프 보란'을 찾아뵙기로 약속했기 때문이다. 참전용사 어르신께 한국에서 받은 명함 한 장을 들고 이곳까지 찾아왔다. 주소를 수소문했지만 도통 참전용사 협회장으로 계시다는 협회의 건물을 찾을 수 없었다. 마지막으로 길을 지나는 어르신께 여쭙고 내일을 기약해야겠다는 생각을 했다. 어둠 속에서 모자를 푹 눌러쓴 어르신에게 명함을 보여주자 허허허 웃으며 모자를 벗으신다. 바로 '아리프 보란'이었다. 정말 소름 돋는 우연이었다. 우리의 정성이 하늘에 통한 것인지 정말 신기한 우연의 일치였다.

그는 나와의 약속을 기억했고, 우리가 정말 찾아왔다는 것이 믿기지 않는 눈치였다. 어르신은 식당으로 우리를 안내했다. 한국에서 처음 인연을 맺은 UN 참전의 날 행사에서는 통역사가 있었기에 어르신과 소통하는 데 문제가 없었지만 오늘은 번역기로도 우리의 마음을 전하기 쉽지 않았다. 그런데 그때 우리의 모습을 지켜보던 잘생긴 청년들이 영어를 할 줄 안다면서 우리를 돕고 싶다고 한다. 그들은 터키 육군 장교들이었고, 덕분에 참전용사 어르신과 소통이 수월해졌다.

식사 후 우리는 우리가 준비해온 기념품을 어르신께 전달해 드리고 싶었다. 터키군 장교들이 도와준 덕분에 많은 어르신들과 터키군 장교들 앞에서 작은 이벤트를 할 수 있었다. 우리는 군복을 갖춰 입고 그에게 정식으로 경례를 올렸고, 어르신은 절도 있게 경례를 받아주셨다.

참전용사 어르신께 감사함을 전할 수 있는 기회가 생겼다는 것도 너무 가슴 벅찬 일이지만 한국에서 했던 약속을 지킬 수 있다는 생각에 너무도 감동적인 순간이 아닐 수 없었다. 당신은 우리의 영웅입니다 라는 말과 함께, 한국에서 준비해온 태극기 배지와 기념품, 그리고 〈Thank you for your service〉, 〈never forget 1950.6.25.〉라는 메시지를 각인하여 직접 제작한 군번줄을 목에 걸어드렸다. 참전용사께서는 우리에게 감사의 경례를 해주셨고 따뜻하게 안아 주셨다. 우리가 준비한 작은 이벤트가 끝이 났지만 터키군 장교들과 참전용사 어르신의 지인분들이 한자리에 모여 끝나지 않은 이벤트에 여운을 함께 나눴다.

아리프 보란 참전용사 어르신은 이틀 후 이스탄불 참전용사협회로 다시 오라며 우리에게 주소 하나와 그곳의 관리자 '아흐메트'의 명함을 주셨다. 어르신께서는 헤어지는 순간까지 저 멀리 한국 땅에서 자신을 만나러 온 우리에게 거듭 고마워하셨고, 눈가가 붉어지셨다. 우리는 모두 국적과 나이를 불문하고 따뜻한 형제의 정을 나누었다. 터키군 장교들의 안내를 받아 호텔로 이동했다. 어르신과 약속을 지키지 못할까 여행 내내 불안한 마음이었던 나는 긴 여행 중 가장 편안한 마음으로 잠을 청했다.

이미 수많은 나라의 국경을 넘으며 여권의 빈칸들이 점점 줄어든다. 이스탄불 일정을 본격적으로 시작하기 전인 이른 아침 주 이스탄불 대한민국 총영사관에 들러 사증을 추가했다. 추가된 여권의 빈 칸들이 앞으로 여행할 국가들의 도장들로 가득할 날을 상상해본다. 이스탄불 명소 중 하나인 탁심 광장 주변을 거닐다 이스티크랄 밤거리의 낭만을 즐겼다. 세계에서 모인 수많은 관광객들의 행렬이 늘어졌다. 이스탄불 최고의 맛집들이 즐비한 이 거리에 빨간색 트램은 멋을 더해준다.

호국영웅 따라 세계여행

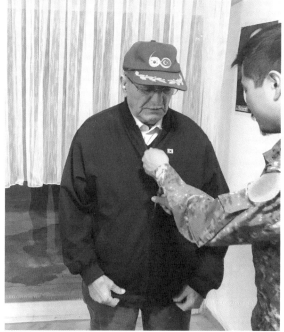

호국영웅 따라 세계여행

이스티크랄 거리의 매력에 빠져 한참을 거닐다 보니 배가 고팠다. 이곳 이스탄불은 지중해와 흑해가 만나는 목이며, 터키 제일의 대도시이므로 시장에는 다양한 해산물들이 많았다. 대륙을 횡단하며 바다를 볼 수 없었던 우리는 너무도 해산물이 고팠고, 시장에서 수많은 새우와 가재 등 싱싱한 해산물들을 즐겼다.

이틀 전 만난 한국전쟁 참전용사 '아리프 보란' 어르신께 받은 주소가 적힌 쪽지 하나를 꺼내들고 한국전쟁 참전용사협회를 찾아 나섰다. 복잡한 이스탄불 시내를 주행하다보니 아야소피아와 블루모스크, 그랜드바자르 같은 이스탄불을 대표하는 멋진 문화유적 관광지들이 자꾸만 눈에 들어온다.

하지만 우리가 이스탄불을 찾은 목적이 참전용사들과의 시간을 보내기 위함이었기에 관광에 많은 시간을 쓸 수는 없었다. 터키군 참전용사협회가 있을 것으로 예상되는 곳은 이스탄불에서 가장 큰 공원이었다. 귤하네 공원 곳곳을 찾아다니다보니 저 멀리 너무도 반가운 태극기가 보였고, 입구의 경비원들은 우리의 방문목적을 묻고는 주차장으로 안내한다. 우리를 처음 마중 나온 것은 이곳의 관리자로 근무 중인 '아흐메트'였다.

아흐메트는 한국전쟁에 참전하지는 못했지만 키프로스 전투에 참전한 적이 있다고 한다. 이곳 협회는 이스탄불 내의 한국전쟁 참전용사와 키프로스 전투 참전용사들이 함께 이용하는 공간이라고 그는 설명한다. 입구에 들어서자 한국전쟁 참전용사 어르신들이 우리를 반갑게 맞아 주셨고, 벽에는 수많은 한국전쟁 당시 터키군의 활약상들이 사진으로 전시되어 있었다. 한 참전용사 어르신은 사진첩을 우리에게 보여주셨다. 수많은 흑백 사진 속에 당신들의 모습을 보여주며 당시의 기억을 더듬으신다. 사진 속 터키군들이 한국의 어린아이를 끌어안고 있는 모습을 간혹 볼 수 있었다. 내가 여행을 출발하기 약 2달 전 한국에서 개봉한 영화 〈아일라〉의 실제 주인공의 사진이었다.

영화 〈아일라〉는 참혹한 전쟁 속 고아가 된 5살 한국 소녀를 만난 한국전쟁 파병군 '슐레이만'이 소녀에게 '아일라'라는 이름을 붙여주게 되면서 시작된 감동 실화를 바탕으로 만들어졌다. 한국과 터키의 수교 60주년을 맞아 공동 제작한 이 영화는 크게 흥행하지는 못했지만 수많은 관객들의 눈시울을 적셨다.

앞에 앉아계신 당시의 참전용사 어르신들은 자신들이 모두 그녀를 기억한다고 하셨다. 여행을 출발하기 전 최근 가장 감명 깊게 보았던 영화의 실제 주인공들과 함께 대화를 나누고 있다는 생각에 너무도 흥분되었다. 영웅들에게 소정의 선물로 감사함을 전했고, 함께 태극기와 터키국기 앞에서 사진을 찍었다. 그들은 멀리 한국에서 당신들을 만나기 위해 달려온 우리에게 연신 고맙다고 표현하셨다.

호국영웅 따라 세계여행

　참전용사 어르신들이 각자의 댁으로 돌아가실 시간이 되었다. 짧은 만남이 아쉬웠지만 모두에게 의미 있는 시간이었을 것이라는 확신이 드는 소중한 만남이었다. 그제야 우리는 이스탄불의 세계적인 관광지들을 둘러보기 시작했다. 비잔틴미술의 최고 걸작이라는 찬사를 받는 아야소피아 성당과 푸른색의 블루 모스크를 시작으로 비교적 빠른 시간에 이동하며 수많은 관광지를 돌아보았다. 우리는 모터사이클을 타고 이동하기 때문에 이스탄불의 도심지 같은 교통량이 많은 시가지를 돌아볼 때 가장 합리적인 여행자일 것이다. 참전용사 어르신들을 만나뵙겠다는 여행의 목적을 달성할 수 있었던 너무 만족스러운 날이기에 이스탄불 여행의 발걸음은 더욱 가벼웠다.

　비잔틴과 오스만제국의 유산을 둘러보다보니 이곳 이스탄불이 과거 동서양의 길목에서 얼마나 큰 영광을 누렸던 곳인지 느낄 수밖에 없었다. 이스탄불을 떠나기 전 터키 전쟁박물관에 들렀다. 과거 셀주크, 오스만의 영광으로부터 터키의 아버지로 불리는 아타튀르크의 개혁까지 시대별로 잘 정리되어 있었고, 지금까지 만난 터키 친구들이 자랑하던 역사가 한눈에 들어왔다. 하지만 나의 관심은 온통 한국전쟁에 관련된 어떠한 것들이 잊지는 않을까 하는 것이었다. 박물관 직원에게 한국전쟁관이 있냐고 묻자 당연하다는 표정으로 안내해 준다. KOREAN HALL이 눈앞에 나타났고, 가장 먼저 누군가 기증한 듯한 자랑스러운 황금의 거북선이 보인다. 별도로 마련된 한국전쟁관에는 한국전쟁 당시 그들이 사용했던 물품들과 훈장들이 전시되어 있었다. 특히 한국전쟁의 경과가 그림으로 잘 설명되어 있었다. 터키군의 대표적인 전투였던 군우리 전투와 금양장리 전투에 대해서도 터키어와 영어로 잘 설명되어 있는 것이 인상 깊었다. 이스탄불의 마지막 일정을 터키전쟁기념관으로 정하기를 정말 잘했다는 생각이 들었다.

호국영웅 따라 세계여행

본격적인 유럽에 입성하기 전 물가가 비교적 저렴한 터키에서 정비를 마쳤다. 앞으로 유럽의 도로는 잘 정비되어 있기에 공도용 타이어로 교체했고, 유럽을 향해 달렸다. 이스탄불에서 출발한 우리는 에게해와 지중해로 통하는 마르마라해의 해안가를 신나게 달렸고, 정든 형제의 나라를 떠나기 아쉬워 테키르다으에서 하루 더 머물기로 했다. 이스탄불과 가까워 최근 휴양지로 각광받고 있다는 테키르다으는 그리스, 불가리아 등 동부 유럽으로 가는 교통의 요지이다. 우리는 이곳에 머물며 터키의 생선요리를 원 없이 즐겼고, 역시나 우리를 환영해주는 친절한 터키인들과 너무나 즐거운 시간을 보냈다.

　케샨이라는 마을을 지나던 때였다. 우연히 라이더들의 초대를 받아 차이를 마셨고, 그들은 모터사이클의 경정비를 도왔다. 우리의 여행을 진심으로 부러워하며 응원해주던 그들은 그리스와의 국경도시인 입살라 Ipsala 에 자신의 동료 라이더들이 있다며, 오늘 그리스 국경을 통과하기는 시간이 늦었으니 국경마을에서 머물다 가라고 한다. 라이더들과 오랜 시간 대화를 나누다 시간을 너무 지체해 버렸던 터라 근처의 호텔을 찾던 중이었는데 너무도 희소식이 아닐 수 없었다. 그들과 기념 촬영을 마치고 국경마을에서 호텔을 운영하고 있다는 라이더 친구를 만나러 갔다.

　터키의 마지막 마을 입살라에서 만난 형제들 역시 우리를 열렬히 환영해 주었다. 호텔에 모터사이클을 주차하고는 라이더인 '무하람세틴'과 함께 밤새 터키를 내표하는 술인 '라키'를 마셨다. 라크에는 아니스라는 향신료가 들어가기 때문에 물을 타면 소주처럼 맑았던 것이 막걸리처럼 뿌옇게 변한다. 무하람은 그 모습을 보고 신기해하는 우리에게 마술이라며 장난을 쳤다. 터키를 여행하는 동안 터키의 한국전쟁 참전 과정과 그들의 숭고한 희생을 충분히 느낄 수 있었고, 많은 터키의 형제들과 정을 나눴다. 언젠가 반드시 터키에 돌아와 형제들과 술잔을 나눌 날을 기약하며 잠을 청했다.

대한민국을 도운 신들의 나라

유럽 전체에서 통용되는 보험증인 그린카드를 그리스 국경에서 구입했고, 드디어 그리스에 입성했다. 국경지대에는 터키와 그리스 양국의 군인들이 양국의 감정을 보여주듯이 경계가 삼엄했다. 한국전쟁 당시에는 대한민국을 위해 함께 목숨 바쳐 싸웠을 그들이지만 오랜 역사적 갈등에서 비롯된 국가감정은 어쩔 수 없을 것이다.

호국영웅 따라 세계여행

그리스는 유럽 남동부의 발칸반도에 위치한 나라로, 그리스 로마신화로 우리에게 익숙하다. 한국전쟁 당시 유엔의 일원으로 연인원 4,992명의 병력을 파견했고, 수송기 8대와 8,000달러 상당의 원조를 제공하였다. 이 중 192명이 전사, 543명이 부상을 입는 등 막대한 희생이 따랐다. 그리스에는 아테네와 테살로니키 총 두 곳에 한국전쟁 참전 기념비가 있는데, 원래 그리스여행에서 우리의 목표는 수도 아테네 인근 파파고시에 있는 그리스군 한국전 참전 기념비를 찾는 것이었다. 하지만 수도에 위치한 그곳의 관리가 잘 되고 있다는 소식에, 비교적 관리가 잘되고 있지 않을 것으로 예상되는 테살로니키의 참전 기념비를 찾기로 계획을 수정했다. 테살로니키로 가는 도중 알렉산드로폴리스라는 도시에서 잠시 쉬고 내일 다시 출발하기로 했다. 알렉산드로폴리스는 우리가 흔히 생각하는 그리스의 모습인 '아테네'나 '산토리니'와 같은 느낌은 아니었지만 운치 있는 아름다운 도시였다. 해변을 거닐다 캠핑장을 하나를 발견했고, 쌀쌀한 날씨였지만 지중해 해변에서 언제 캠핑을 해보겠냐는 생각에 캠핑을 결정했다. 쌀쌀한 날씨 탓인지 캠핑장에는 우리밖에 없었지만 그날 만들어 먹었던 캠핑요리의 맛과, 국경을 통과할 때 면세점에서 구입한 위스키의 맛은 정말 잊을 수 없었다.

테살로니키에 도착했다. 테살로니키는 아테네에 이어 그리스의 제2의 도시로 많은 관광객들이 찾는 역사도시이다. 하지만 우리가 이곳을 찾은 이유는 한국전쟁 참전 기념탑을 찾기 위해서였다. 그리스의 한국전쟁 참전용사들과는 사전에 컨택이 되지 않아 만나 뵐 수 없다는 아쉬움을 대신하기 위해 이곳을 깨끗이 청소하기로 했다.

한국전쟁 참전 기념탑은 김승연 명예 총영사께서 1993년 기증하셨고, 한국전쟁에서 산화한 그리스군 참전용사들을 위해 건립한 한국적 양식의 돌탑이다. 예상은 했지만 생각보다 관리 상태가 무척 좋지 않았다. 잡초와 널려있는 쓰레기는 제거했지만 많은 이들의 낙서는 관리의 아쉬움을 남게 했다. 그래도 참전 기념탑 주변을 청소하고 나니 한결 가벼운 마음으로 테살로니키를 관광할 수 있었다.

참전 기념탑에서 조금 걷다 보니 에게해를 품고 있는 테살로니키의 아름다운 해변광장이 나타났다. 바다를 등진 거리의 악사들과 조깅하는 여유로운 그리스인들은 테살로니키의 랜드마크인 화이트타워와 잘 어우러졌고 갈릴레우스 황제의 승리를 기리는 전투장면들이 조각된 늠름한 갈릴레우스 개선문도 그리스의 향기가 물씬 났다.

철학자 아리스토텔레스의 고향답게 광장에서는 아리스토텔레스 동상이 우리를 반겨주었다. 아리스토텔레스의 제자인 알렉산더 대왕의 기마상도 눈에 들어온다. 동서의 대제국을 정복하고 헬레니즘 문명을 싹틔운 그의 늠름한 기마상 앞에서 말 대신 모터사이클을 탄 내 모습이 마치 현대판 알렉산더 대왕이 아닌가 하는 상상에 설레었다.

아우슈비츠를 향해
동유럽을 달리다

요구르트의 나라, 드라큘라의 나라

유럽의 UN참전국들은 그리스를 제외하고는 대부분 서쪽에 몰려있기에 애초에 동유럽 여행은 계획에 없었다. 하지만 전부터 인류의 만행을 눈으로 보고 싶었던 우리는 폴란드의 아우슈비츠를 향하기로 루트를 수정했다. 곧바로 그리스를 떠나 불가리아에 입국했다. 인구 700만의 작은 나라 불가리아는 요구르트의 나라로 익숙하다. 요구르트의 나라에서 맛보는 요구르트의 맛은 정말 특별했다.

오늘 머물기로 한 곳은 그리스-불가리아의 국경마을인 페트리치라는 작은 도시이다. 이곳에 대한 일화가 있다. 1925년 10월 8일 그리스 병사가 개 한 마리와 불가리아 국경지대를 뛰어서 통과했다. 군견이 그리스군 병사의 통제를 벗어나 도망가는 것을 잡으려고 쫓아온 것이었다. 국경을 침범한 그리스 병사는 불가리아 초병에게 사살되었고, 이에 불가리아 군인들은 그리스 국경을 넘어 초소의 군인들을 모조리 사살하였다. 이에 그리스군은 페트리치를 점령하며 요구사항을 제시했다.

불가리아의 공식사과와 책임자 처벌 그리고 피해자 유족들에게 보상하라는 것이었다. 결국 국제연맹의 제재로 양국은 휴전하게 되지만 이 도시를 점령하는 과정에서 수많은 민간인들이 사살되었다고 한다. 개 한 마리로 시작된 전쟁이라는 특별한 이야기를 가지고 있는 이 도시는 불가리아와 그리스 양국 간에 오래된 감정싸움으로 일반인들이 희생된 도시라는 것에서 뭔지 모를 무거운 아픔이 느껴졌다.

불가리아의 수도인 소피아에 도착했다. 로마시대부터 존재해온 유서 깊은 도시인 소피아의 아름다운 밤거리를 달렸고, 랜드마크인 알렉산드르 네프스키 성당의 야경도 즐겼다. 웃음이 많은 에어비엔비 숙소의 호스트는 여행자들과 이야기 하는 것을 좋아한다고 한다. 그녀는 우리에게 불가리아 전통술이자 직접 담근 수제 브랜디 '라키아'를 선물해 주었고, 우리의 여행 이야기를 정말 즐거워했다. 우리도 불가리아 마트에서 구입해 온 재료들로 한국식 삼겹살과 샐러드를 만들어 그녀에게 선물하며 따뜻한 정을 주고받았다.

나는 나의 여행의 진정한 가치를 '사람'이라고 생각한다. 유명 관광지에서 아름다운 사진과 추억도 좋지만 현지에서 친구를 사귀고 서로의 생각을 공유하는 휴머니즘이 나에게는 여행의 가치를 더해주는 아주 중요한 요소이다. 러시아 친구에게 받았던 수제 보드카 '사마곤'과 터키 친구들과 나누던 수제 럼주 '라크'를 처음 마셨을 때가 생각났다. 현지인들과 함께하는 여행에서만 즐길 수 있는 애주가들의 의리를 또 한 번 느낄 수 있는 하루였다.

소피아의 아침 공기를 한껏 들이마시고 루마니아로 출발했다. 루마니아에 가기 위해서는 불가리아 국토를 동서로 가로지르는 '발칸산맥'을 넘어야 한다. 고도가 점차 높아지면서 안개가 자욱이 깔려버렸고, 우리는 조지아의 높은 설산을 넘을 때 쌓인 눈에 바퀴가 빠졌던 악몽을 떠올리지 않을 수 없었다. 얼마 지나지 않아 우리의 걱정은 결국 현실이 되었고, 빙판길에 눈까지 내리기 시작했다. 말 그대로 설상가상의 상황인 것이다. 안전을 위해 미끄러운 도로를 느린 속도로 이동하던 우리에게 더 큰 시련은 추위였다. 나름의 방한대책을 강구했음에도 불구하고 발칸산맥에서의 추위는 우리의 장갑과 부츠를 파고들었다.

산 중턱에서 연기가 모락모락 피어오르는 산장을 만났고, 산장 앞에서 담배를 피우던 산장지기는 누가 봐도 여행자의 행색을 하고 있는 우리에게 산장 안으로 들어오라며 손짓했다. 역시 죽으란 법은 없다. 산장지기의 도움을 받아 몸을 녹였고, 따듯한 차 한 잔까지 내어주셨다. 덕분에 험난한 설산을 또 한 번 무사히 극복할 수 있었다.

호국영웅 따라 세계여행

　루마니아와 국경을 나누고 있는 그 유명한 '다뉴브강'을 건너 오늘의 목적지인 루마니아 '칼라파트'에 도착했고, 불가리아의 발칸산맥을 넘으며 꽁꽁 얼었던 몸을 녹였다. '루마니아' 하면 드라큘라가 가장 먼저 떠오르기 마련이지만 K-POP의 영향이 가장 큰 나라 중 하나이기도 하다. 또한 지난 2019년 5월 헝가리 부다페스트 다뉴브강 유람선 침몰 사고 때 우리 정부의 한국인 탑승자 33명에 대한 수색요청에 인접국인 루마니아가 자국내 댐 수문을 닫아 적극적으로 수색을 하는 도움을 받은 적도 있다. 우리 역시 COVID-19로 전 세계가 감염병과 싸우고 있는 요즘 세계 최고의 진단키트를 루마니아에 공급했다.

　여행에서 현실로 복귀한 지금에도 내가 다녀온 여행국의 소식이 매체를 통해 들릴 때면 반갑지 않을 수 없다. 신나게 달리다보니 세르비아-루마니아 국경검문소가 나왔다. 눈앞에 세르비아를 여행하고 싶었으나 우리는 모터사이클을 돌려 헝가리 방향으로 여행루트를 결정했다. 헝가리 부다페스트의 아름다운 야경을 보고 싶은 마음도 있었지만 폴란드의 '아우슈비츠'에서 전쟁의 참혹함을 공부하고 싶었기 때문이다.

계속 북쪽을 향해서 달리던 우리는 루마니아 '카란세베슈'라는 작은 도시에서 루마니아 음식을 즐기며 하루 쉬고, 루마니아에서는 비교적 큰 관광도시인 '티미쇼아라' 도착했다.

티미쇼아라 마트에서 구입한 닭으로 닭백숙에 와인을 깃들인 후 밖으로 나갔다. 고풍스러운 유럽식 건축물들과 잘 어울리는 적당한 비는 드라큘라의 나라에서 낭만을 즐기기에 충분했다. 루마니아인들에게 루마니아 정교가 국민 생활양식의 일부로 자리 잡고 있다는 사실을 보여주듯이 루마니아 국경에는 커다란 십자가가 기다리고 있었다. 최근 루마니아와 수교 30주년을 맞아 양국의 교류가 활발해지고 있다. 앞으로도 양국이 전략적 동반자 관계를 이어갈 것이라 생각하니 다시 한번 루마니아를 여행한다면 분명 감회가 새로울 것이다.

세계 최고의 야경을 품은 부다페스트

헝가리 여행이 시작되었고, 단숨에 헝가리의 수도인 부다페스트로 내 달렸다. 부다페스트는 최근 유럽 최고의 야경으로 손꼽히며 많은 한국인 관광객들 또한 찾는 곳이다. 부다성, 어부의 요새, 성이스트반 성당 등 유명 관광 스팟들에는 많은 관광객들이 몰려있었고, 우리도 그들 속에서 부다페스트의 야경을 함께 즐겼다. 특히 모터사이클을 타고 다뉴브강 위의 세체니 다리를 건너 헝가리 국회의사당의 야경과 함께했던 기분을 잊을 수가 없다. 이 아름다운 야경을 눈에만 담기가 아쉬워 체스트 마운트와 모터사이클에 설치한 액션캠에 함께 담았다. 그 중 가장 마음에 들었던 헝가리 국회의사당 주변의 고풍스러운 숙소에 모터사이클을 주차하고는 먹자골목인 고즈드 코트 Gozsdu Udvar 에서 하루를 마무리했다.

　부다페스트의 비 오는 거리를 거닐며 쇼핑을 즐긴 후 슬로바키아와의 국경에 위치한 소도시인 '에스테르곰'에 도착했다. 규모는 작지만 헝가리에서 가장 오래된 도시 중 하나답게 웅장한 자태를 뽐내는 '에스테르곰 대성당'이 가장 높은 곳에 자리하고 있었다. 대성당에서 내려다본 다뉴브강 건너에 슬로바키아가 보인다. 부다페스트의 화려한 야경은 아니지만 비 오는 에스테르곰 대성당에서 내려다본 다뉴브강의 스산한 야경 또한 운치가 있었다.

　대부분의 유럽국가들이 강으로 나뉘어 다리로 연결되어 있었고, 대부분이 센겐조약 가입국이라서 편하게 오갈 수 있었다. 덕분에 헝가리 쪽의 마트에서 식재료를 구입한 뒤 슬로바키아 쪽의 숙소에서 휴식을 취할 수 있었다. 대한민국은 3면이 바다로 둘러 쌓여있고, 북쪽으로는 가깝지만 가장 멀게만 느껴지는 '북한'이 대륙과의 연결을 차단하고 있다. 그런 우리에게 옆 동네에 친구를 만나러 가듯 여러 나라를 편하게 다녀오는 경험은 신기하기도 했지만, 국경을 지날 때마다 내 조국의 분단이 너무 아쉽게만 느껴졌다.

　슬로바키아의 아침이 밝았다. '체코슬로바키아'라는 이름이 우리에게 익숙한 것은 과거 국경을 마주하고 있는 체코와 합병한 '체코슬로바키아' 시절이 있었기 때문이다. 결국 1993년 체코로부터 분리 독립하였고, 지금은 슬로바키아 독자적인 공화국을 이루고 있다. 지난밤 건너온 다뉴브강 건너편 헝가리의 에스테르곰 대성당이 우리를 내려다본다. 마지막으로 헝가리 영토와 인사를 하고 다시 북쪽으로 향했고, '질리나'라는 작은 도시에서 하룻밤을 쉬어가기로 했다. 숙소에서 만난 슬로바키아 현지인들과 함께 음식을 만들어 먹으며 하루를 마무리했다.

　날이 밝고 슬로바키아-폴란드 국경 부근에 이르렀지만 국경검문소는 보이지 않는다. EU마크 중앙에 SLOVENSKO _{슬로바키아의 현지어} 가 쓰여 있는 도로표지판 하나가 나오더니 얼마 지나지 않아 POLSKA _{폴란드의 현지어} 라는 도로표지판 하나가 나온다. 주행 중 나도 모르게 국가가 바뀌는 신기한 경험이다. 순간 지난날 수많은 나라를 여행하며 들렀던 국경통제소와 세관들이 생각났다. 적게는 5분에서 길게는 2시간 이상이 소요된 곳도 있었고, 수하물 검사와 이륜차 보험가입 절차를 매번 반복하는 것도 여간 번거롭지 않다. 간혹 입국심사를 기다리는 길게 늘어선 줄과 언어가 통하지 않는 국경 경찰들과의 소통문제도 더 이상 생기지 않을 것이다.

　　　　　　　　　　　　　　　호국영웅 따라 세계여행

입출국을 반복하며 너덜너덜해진 나의 여권에도 더 이상 도장이 찍히지 않는다. 갑작스럽게 슬로바키아 도로가 종료지점을 지나쳤고, 슬로바키아와의 마지막 인사를 나누지도 못한 채 급하게 폴란드 여행을 시작했다. 언젠가 반드시 동유럽의 야경을 다시 한번 즐기러 오겠노라는 다짐을 해본다.

사죄하는 나라, 망각하는 나라

드디어 동유럽 여행의 최종 목적지인 폴란드에 도착했다. 폴란드에 온 이유는 악명 높은 '아우슈비츠' 강제수용소에 오기 위함이다. 아우슈비츠는 독일어 지명이고 폴란드어로는 오슈비엥침 Oswiecim 이라고 부른다. 1940년 히틀러가 첫 번째 수용소 건립 이후 5개의 수용소를 추가 건립하였고, 우리는 6개의 수용소 중 1941년 2호로 건립된 아우슈비츠 비르케나우를 방문하였다. 이곳은 가스로 수감자들을 처형한 목욕탕과 시체보관실 등을 갖춘 대규모 집단 처형소로 과거 인류의 잔혹함을 눈으로 확인할 수 있다.

　수용소를 여러 파트의 전시장으로 잘 정리해 놓은 '아우슈비츠 비르케나우 박물관'에서 입장권을 구매했다. 전 세계에서 모인 수많은 여행자들이 입구부터 길게 늘어져 있었다. 수많은 인파가 이곳을 찾는 이유는 수용소들의 본부 격 되는 가장 악명 높은 이곳에서 인류 역사의 가장 가슴 아픈 역사적 사실을 확인하고 싶기 때문일 것이다. 여러 언어의 가이드를 따라 그룹을 지어 이동하게 된다. 아쉽게도 한국어 가이드는 없었고 대신 한국어 가이드북을 입구의 책을 판매하는 곳에서 구할 수 있었다. 아쉬운 대로 영어 가이드를 따라 관람을 시작했다. 가장 먼저 보이는 것은 정문에 걸려있는 유명한 글귀였다. 'Arbeit macht frei, 노동이 너희를 자유롭게 하리라.' 이 문장은 독일의 관용어구라고 하는데 노동이 자유 대신 비극으로 이어지던 당시의 아픔이 더욱 극대화되는 문구라는 생각이 들었다.

호국영웅 따라 세계여행

정문을 지나 주제별로 나누어진 각 전시장을 꽤 오랜 시간 관람했다. 그곳의 무거운 공기는 전시되어 있는 모든 것들을 쉽게 지나칠 수 없게 만들었다. 희생자들에게 빼앗은 의족, 안경, 구두, 가방, 머리카락… 희생자들의 물건이 각각 한곳에 산더미처럼 모여 있다. 희생자들에게 사용된 치클론-B 독가스통의 일부도 전시되어 있었다. 한 캔에 4,000명가량을 학살할 수 있다는 저 작은 캔 역시 산더미처럼 쌓여있었지만 전시된 것은 일부뿐이라는 사실에 경악을 금치 못했다. 다른 전시장에서 죄수복을 입은 희생자들의 사진과 생년월일이 함께 전시되어 있었고, 희생연도와의 차이를 계산해 보니 정말 어린 나이에 희생된 이들도 여럿 보였다. 친절한 가이드의 안내를 받아 아우슈비츠 비르케나우 2호 수용소에 도착했다. 습하고 쌀쌀한 날씨에 안개까지 자욱했고, 그 날의 날씨는 수용소 내부의 죄수용 막사와 철조망, 교수대와 가스실 등 나치가 집단 학살을 자행하던 수많은 장소들과 어우러져 나의 가슴을 더욱 답답하게 만들었다.

당시 수용소에 끌려온 수감자들은 수건까지 준비된 샤워실에서 옷을 벗고 샤워할 준비를 했을 것이며, 물 대신 치클론-B 독가스가 나오는 샤워실에서 다시는 벗은 옷을 입을 수 없었을 것이다. 더욱 가슴이 아픈 것은 성인뿐만 아니라 아이들까지도 비르케나우의 가스실에서 죽음을 맞았다는 것이다. 아우슈비츠에서만 110만에서 150만 명이 희생되었을 것이라고 추산되고 있으며, 일각에서는 아우슈비츠에서 살해당한 사람들이 300만 이상일 것이라고 이야기하기도 한다. 그중 유태인이 가장 많았던 것은 확실하지만 정확한 숫자는 알 수 없다고 한다. 희생자의 숫자가 얼마나 됐든 상상할 수 없는 엄청난 살육의 현장이라는 것은 부정할 수 없는 사실이다. 또한 이곳 아우슈비츠가 인간 존엄성

호국영웅 따라 세계여행

부정이 가져올 수많은 위협과 비극에 대한 경고의 장인 것은 확실해 보였다.

　이곳에서 확인한 역사가 남의 일 같지는 않았다. 과거사를 인정하고 사과해온 독일과는 다르게 일본은 다른 행보를 걸어왔다. 물론 독일도 처음부터 과거사 문제를 적극적으로 사과하려 하지는 않았지만 뒤늦게나마 과거의 범죄를 뉘우치려고 노력했다는 점은 큰 차이를 보인다. 독일은 주변국과의 과거사 문제를 올바르게 청산하려 노력했고, 일본은 주변국이 아닌 미국과의 관계를 통해 과거사를 청산하려 했다. 70년대 독일은 전범자들의 공소시효를 완전히 파기하기로 결정했고, 지금까지도 나치 전범자들의 책임을 묻고 있다. 또한 과거부터 독일 정부와 기업은 배상문제를 해결하기 위해 많은 기금을 조성했고, 배상금 지급이 완료된 지금까지도 미래를 위해 과거를 잊지 않는다. 대한민국 국민 누구든 한·일의 과거사 문제와 비교해 생각하면 속상하고 답답하지 않을 수 없을 것이다.

　오슈비엥침 숙소 체크인을 해야 하는데 호스트가 보이지 않아 한참을 기다렸다. 우리와 비슷한 시간에 숙소에 도착한 일본인들과 함께 호스트를 기다리며 서로 간단한 인사를 했다. 일본의 젊은 청년들의 생각이 궁금해 이런저런 대화를 나누고 싶었다. 물론 일본인을 싫어하는 것은 아니다. 다만, 역대 일본정부가 보여준 행태는 대한의 청년으로서 너무 화가 날 수밖에 없다. 때문에 일본군 위안부 피해자 할머니들의 문제라던가 독도 영유권에 대한 일본의 젊은 청년들의 생각이 궁금했던 것이다. 일본에서 이곳 폴란드 아우슈비츠까지 여행 온 청년들이라면 그에 대한 올바른 생각을 가지고 있지는 않을까 하는 기대감도 있었다.

　독도가 대한민국의 영토라는 근거는 너무도 많다. 15세기 '세종실록
지리지'와 1877년 일본 스스로가 독도는 일본 땅이 아니라는 것을 법
적 효력을 지니는 문서로서 인정한 '태정관 지령', 1900년 10월 25일
지금의 독도의 날을 있게 한 '칙령 41호' 그리고 '1965년 한일회담' 등
수많은 근거에서 이미 명백하게 대한민국의 영토임을 드러내고 있다.
일본정부의 억지 주장에 대해 그들은 어떠한 의견일지도 궁금했다. 우
리의 사교성이라면 평소 숙소에서 만난 사람들과 금세 친해지곤 했지
만 이곳에서만큼은 서로에게 더 이상 말을 걸지 않는다. 그들은 역사
를 왜곡하고 사죄하지 않는 자신의 나라의 부끄러운 현실을 알고 있는
것일까? 아니면 왜곡된 역사 교육으로 자신의 나라의 과거를 잘못 알
고 있는 것은 아닐까? 그것도 아니라면 그들의 나라의 과거와 이곳 아
우슈비츠는 별개라고 생각하고 있지는 않을까? 생각에 생각이 꼬리
를 물며 우리는 말없이 모터사이클 정비를 했고, 바로 옆방에 체크인한

　　　　　　　　　　　　　　호국영웅 따라 세계여행

한·일 양국의 청년들은 그날 밤 서로 아무말이 없었다.

　무거운 발걸음으로 아우슈비츠 수용소를 떠나 체코 방향으로 달렸다. '비엘스코 비아와'라는 폴란드의 도시에서 하루 쉬어가기로 한다. 친절한 폴란드 엔지니어 부부는 우리가 저 멀리 대한민국에서 모터사이클을 타고 이곳에 왔다는 소식에, 저렴한 가격에 모터사이클 방한장비를 주었고, 실력과 매너를 겸비한 멋쟁이 부부의 도움으로 비교적 따듯한 주행이 가능해졌다. 추수감사절 즈음이었던 그날, 지금까지 안전하게 달려온 우리 자신에게 감사하는 마음으로 칠면조 대신 통오리구이 요리를 먹었고, 우리는 아우슈비츠에서 느낀 것에 대해 생각을 나눴다. 폴란드 아우슈비츠가 보여준 인류의 잔혹함은 분명 현대인들에게 어떠한 메시지를 남기고 있었고, 독일은 분명 사죄하는 나라였다. 일본정부 역시도 망각을 멈추고 지난 역사의 과오를 사죄하는 날이 오길 바라본다.

프라하의 밤을 달리다

　폴란드에서 출발한 우리는 체코의 '오스트라바'라는 도시를 통해서 체코에 단숨에 입국했다. 프라하를 향해 달리던 중 체코의 중앙부에 있는 올로모우츠 일대의 산에서 진묵의 모터사이클이 또다시 멈춰버렸다. 비 오는 어느 산 중턱에서 다시 한번 터져버린 모터사이클 체인을 고치며 좌절하고 있을 때 친절한 체코 라이더가 갓길에서 정비 중인 우리를 위해 멀찌감치 삼각대를 세워 주더니 정비를 도우려 한다.

오지랖이 넓은 남자친구를 쳐다보는 여자친구의 눈빛이 심상치 않아 우리는 그만 가보라고 했지만, 그 역시 모든 라이더는 형제라며 걱정 말라고 한다.

한참을 돕던 그는 자신의 명함을 주고는 결국 여자친구 눈치를 보며 퇴장했다. 그런데 그 후 얼마 지나지 않아 경찰차 한 대가 우리 옆에 멈춰 선다. 알고 보니 먼저 우리를 돕던 친구가 여자친구의 눈치에 못 이겨 떠나기 전 경찰에게 도움을 요청한 모양이다. 당연히 체코 경찰은 우리에게 친절하게 도와주려 했다. 우리는 민폐 끼치는 외국인이 되기 싫어 미안하다는 말을 반복했다. 우리의 여행이 누군가에게 약간이라도 피해주는 것이 너무 죄스러웠다. 하지만 지금 이 난관을 헤쳐 나갈 방법이 당장 없다. 근처에 마을이나 정비소는커녕 비 피할 곳도 없었고, 우리는 우리의 생명과도 같은 모터사이클을 두고 이곳을 떠날 수 없었다. 결국 그들에게 견인줄 하나를 받았고 말도 안 되는 시도를 해보기로 했다. 주행이 불가한 진묵의 모터사이클을 나의 모터사이클로 견인하기로 한 것이다.

내 모터사이클은 아픈 곳은 없었지만 출력이 강하지 않았기에 가능할까 싶었다. 더군다나 이륜차로 이륜차를 비 오는 밤 이국땅에서 견인하는 것은 너무 위험했다. 이 계획을 실행에 옮겨야 하나 한참을 고민하던 우리의 결심이 선 것은 비를 피할만한 주유소까지 친절한 체코 경찰들이 경호하겠다는 말을 듣고 난 뒤에서였다. 가장 위험한 것은 내 모터사이클과 동력이 없이 중립기어만 넣고 나에게 의지하는 진묵의 모터사이클 사이에 견인줄이 끊어지면서 발생할 수 있는 위험이었다. 다만 그들이 우리를 앞뒤에서 경호한다면 2차 사고를 막을 수 있다는 판단이었다. 체코 경찰들의 경호를 받고 우리의 위험천만한 곡예는 시작되었다. 생각보다 견인줄은 튼튼했고, 우리는 서로 블루투스를 이용해 무전통신을 하고 있었기에 서로 속도의 균형을 맞추는데 수월했다. 주행이 가능하다면 잠깐이면 주파할 수 있는 거리를 한참을 달렸고, 결국 안전하게 목적지에 도착했다. 늦은 시간 근무하며 우리에게 도움을 준 경찰들에게 식사를 대접하려 했지만 그럴 수 없다는 그들에게 커피 한잔으로 대신할 수밖에 없었다. 그들은 그제야 우리에게 환하게 웃으며 함께 사진을 찍고 싶다고 한다. 체코의 한적한 시골에 근무하며 동양의 여행자들이 모터사이클이 멈춰 도움을 준 경우는 당연히 처음이었을 것이다. 한참을 앉아 우리의 여행 이야기를 듣던 그들은 언제든 도움이 필요하면 연락을 달라며, 연락처를 남기고는 다시 순찰을 위해 떠났다.

친절한 체코 라이더와 체코 경찰 덕분에 안전하게 비를 피하고 숙소를 구할 수 있었다. 날이 갠 오늘이지만 진묵의 모터사이클은 여전히 요지부동이다. 정비가 가능한 마을이 머지않았지만 더 이상의 견인은 너무 위험하다 판단했고, 모터사이클을 싣고 근처 도시인 올로모우츠까지 이동하기 위한 트레일러를 요청했다. 트레일러 기사는 마을의 라이더들을 소개시켜줬고, 집에 커다란 모터사이클 정비소까지 보유하고 있던 그들은 진묵의 모터사이클에게 생명을 불어넣어 주었다.

체코의 수도인 프라하에 도착했다. 이미 한국인들에게도 인기 관광지인 프라하는 중심가가 유네스코 세계문화유산일 정도로 역사가 깊은 도시이다. 도시 중앙을 가로지르는 볼타강을 따라 감상하는 야경이 유명한데, 그 낭만적인 야경을 모터사이클을 타고 즐길 수 있다는 것은 큰 영광이었다.

엄청난 규모의 프라하성과 성 비투스 대성당, 까를교는 프라하 여행의 필수 코스다. 프라하에서 여유롭게 하루를 보내기로 했다. 프라하 구석구석 유명 관광지들을 모터사이클 덕분에 금세 돌아볼 수 있었고, 프라하성 구석구석을 거닐며 고풍스러운 르네상스풍의 건축양식의 낭만을 즐겼다. 특히 프라하성벽 난간에 앉아 아래로 내려다보이는 오렌지색으로 통일된 지붕의 색감에 반하지 않을 수 없었다. 프라하와 작별하는 것은 아쉽지만 다음 여행이 기다리고 있기에 우리는 다시 시동을 걸었다.

호국영웅 따라 세계여행

예술과 낭만의 도시 잘츠부르크

보헤미안의 흔적이 서린 체코 남부의 중세도시 체스키를 지나 체코-오스트리아 국경에 다다랐다. 이곳에는 얼마 전 눈이 많이 왔는지 잘 정비된 도로 양옆에 눈이 쌓여있었다.

오스트리아 입성을 자축하며 제대로 된 식사를 하고 싶었지만, 주변에 식당이 보이지 않아 포기했고, 한적한 시골마을에서 두텁게 쌓인 눈을 모아 녹인 물로 라면을 끓여 먹으며 체온을 유지했다. 오스트리아까지 안전하게 도착 후 끓여 먹은 그날의 라면은 고급 레스토랑에서의 식사도 부럽지 않았다.

오스트리아는 독일, 체코, 슬로바키아, 헝가리, 슬로베니아, 이탈리아, 스위스, 리히텐슈타인 8개국에 둘러싸여 유럽의 중심에 위치한 도시이다. 수도인 빈에 들러 비엔나소시지에 맥주를 마시고 싶었지만 우리는 전부터 가고 싶던 잘츠부르크로 향하기로 했다. 오스트리아는 세계적인 음악가와 예술인들을 많이 탄생시켰고, 이곳 잘츠부르크 역시 모차르트가 탄생한 도시이다. 세계에서 가장 아름다운 도시 중 하나로 칭송받는 잘츠부르크의 중심에는 1077년에 창건된 중세의 고성인 호헨 잘츠부르크성이 언덕 위에 우뚝 솟아있다. 잘츠부르크성에 올라 아름다운 잘츠부르크 시가지를 내 발아래 두고 여유로운 시간을 보내다 보니 산 위의 요새인 호헨 잘츠부르크성이 한 번도 적에게 함락당한 적이 없는 이유를 알 것 같았다.

11월 말인데도 크리스마스 분위기가 물씬 나는 잘츠부르크 밤거리의 크리스마스 마켓에서 오늘도 맥주 한 잔으로 하루를 마무리한다.

잘츠부르크의 아침이 밝고 시내에 있는 '미라벨 정원'에 도착했다. 영화와 뮤지컬로 유명한 〈사운드 오브 뮤직〉에서 여주인공 마리아가 아이들과 '도레미 송'을 불렀던 곳으로 널리 알려져 있는 이곳은 17세기에 지어진 미라벨 궁전의 앞에 아름답게 펼쳐져 있다. 한국에서 〈사운드 오브 뮤직〉 영화를 미리 보고 왔는데, 아름다운 장면들의 기억이 이곳을 여행하는 나의 감성을 더욱 풍부하게 만들어주었다. 연못과 분수, 그리고 대리석 조각상들과 잘 가꾸어진 꽃들을 보고 있으니 왜 많은 여행자들이 이곳을 찾는지 알 수 있을 것 같았다.

잘츠부르크에서 가장 번화한 게트라이데 거리를 걷다 천재 음악가 '볼프강 아마데우스 모차르트' 생가에 들렀다. 모차르트의 유년시절 작품들과 더불어 많은 유품들이 전시되어 있었다. 잘츠부르크는 크거나 화려하지는 않지만 왜 예술가들이 사랑했고, 지금도 세계의 여행자들에게 인기 있는 여행 도시인지 충분히 느낄 수 있었다. 잘츠부르크의 아름다움을 뒤로한 채 독일로 향했다.

호국영웅 따라 세계여행

호국영웅 따라 세계여행

새로운 한국전쟁 의료지원국

　독일 국경지역에 도착했다. 보통의 센겐조약에 가입된 유럽 국가들처럼 국경검문소 따위는 없었다. 오스트리아의 끝을 알리는 표지판과 동시에 독일의 시작을 알리는 표지판이 나타났다. 많은 사람들이 잘 모르고 있지만 독일은 한국전쟁 의료지원국 중 하나이다. 한국전쟁 당시 병력을 파견한 16개국뿐만 아니라 의료지원국 6개국과 물자 및 재정지원국 39개국 또한 대한민국의 자유와 민주주의를 지키기 위해 우리를 도왔다. 그야말로 전 세계의 많은 국가들이 함께했던 것이다. 독일은 1953년 5월, 유엔군을 지원하기 위한 야전병원 설립 의사를 유엔본부에 전달했고, 이듬해 80여 명 규모의 의료지원단을 파견했다. 한국에 도착한 독일의료지원단은 30만여 명의 환자를 돌보고 6천여 명의 출산을 도왔으며, 의료진 양성에도 기여했다.

여행을 출발할 때까지만 하더라도 독일은 한국전쟁 의료지원국에 포함되지 못하고 있었다. 정전협정 체결 이후에 의료지원 활동을 했다는 이유 때문이었다. 하지만 우리가 독일에 도착하기 직전 한국전쟁 의료지원국에 포함되었다는 소식을 기사를 통해 접했다. 이러한 결정은 독일의 의료지원 의사전달이 전쟁 기간에 이루어졌고, 독일 의료지원단의 임무가 전후 구호사업이 아니라 유엔군 지원을 목표로 했다는 사실에 주목한 것이며, 또한 유엔군 산하 의료기관으로 활동했다는 점 등을 종합적으로 고려한 것이라고 한다. 늦었지만 지금이라도 독일 의료지원단의 숭고한 희생과 봉사정신이 인정받았다는 사실은 참으로 다행이 아닐 수 없다. 한국전쟁 의료지원국에 독일이 포함된 사실에 독일여행의 감회가 새로워졌다. 독일 외에도 기존 한국전쟁 의료지원국인 노르웨이, 덴마크, 스웨덴, 인도, 이탈리아도 언젠가 여행하고 싶다는 생각을 해 본다.

독일에서의 첫 번째 목적지인 '뮌헨'까지는 오랜 시간이 걸리지 않았다. 세계적으로 유명한 고속도로 '아우토반'을 이용할 수 있었기 때문이다. 아우토반이라 하면 보통 무제한의 속도로 달릴 수 있는 도로라고 알고 있지만 전부 그런 것은 아니다. 권장 속도는 최고 130km/h이며 제한해제 표지판이 있는 구간에서만 속도제한뿐만 아니라 차선변경 등 모든 제한이 해제되는 것이다. 또한 대부분의 아우토반에는 엄연히 권장 속도 또는 제한 속도가 있기에 독일에서 운전해야 하는 여행자라면 표지판에 대해 충분히 숙지하고 아우토반을 달려야만 한다. 사실 나는 속도를 즐기는 것보다는 천천히 주변의 풍경과 바람을 느끼는 것을 더욱 좋아한다. 그래서인지 무제한의 속도보다는 아우토반이 무료라는 점이 더 좋았다.

유럽에서 고속도로를 이용하기 위해서는 먼저 각 나라의 고속도로 정책을 잘 이해할 필요가 있다. 첫 번째는 우리나라와 유사하게 요금소를 운영하는 국가 이탈리아, 프랑스, 스페인, 포르투갈, 두 번째는 고속도로 이용권인 '비넷'을 구매하는 등 기간에 따라 통행료를 지불하는 국가 헝가리, 오스트리아, 스위스, 체코, 슬로베니아, 루마니아, 불가리아, 세 번째는 무료 고속도로를 운영하는 국가 독일, 영국, 네덜란드, 벨기에, 룩셈부르크 또한 비슷하더라도 국가마다 약간씩의 차이가 있으니 반드시 사전에 숙지해야 한다. 아우토반은 별 뜻이 있다기보다는 그냥 '자동차도로'를 뜻하는 독일어인데, 자동차뿐만 아니라 모터사이클도 물론 아우토반을 달릴 수 있다. 아우토반을 달리다보니 고속도로에서 모터사이클이 달릴 수 없는 OECD 유일의 국가인 대한민국의 현실이 아쉬웠다. 물론 일부 몰지각한 라이더들이 불법 구조변경을 하고 굉음을 내어 시민들에게 피해를 주며, 헬멧 미착용과 신호위반을 일삼는 것은 사실이다. 무개념 라이더들의 의식변화가 선결되어야 국민정서와 정책도 바뀔 것이다.

독일 '뮌헨'에 도착했다. 뮌헨은 바이에른 주의 최대 도시이자 주도이며, 베를린과 함부르크에 이어 독일 제3의 도시이다. 우리에게 뮌헨이 익숙한 것은 아무래도 축구강국 독일의 분데스리가를 대표하는 팀인 'FC 바이에른 뮌헨' 때문이 아닐까 싶다. 세계적인 맥주 축제인 '옥토버페스트'가 열리는 도시답게 수많은 양조장과 맥주회사가 있으며, BMW, MAN, 지멘스, 오스람 등 독일을 대표하는 제조 기업들의 본사 또한 이곳에 위치하고 있다. 술을 좋아하는 우리는 맥주의 나라 독일에서 가장 먼저 맥주를 찾았다. 옥토버페스트 기간이 아님에도 길거리에 수많은 사람들이 맥주를 즐기고 있었다.

마리엔 광장에서 따뜻한 뱅쇼 한잔으로 몸을 녹였고, 바로 세계에서 가장 유명한 맥주 양조장이자 세계에서 가장 큰 술집인 '호프브로이하우스'로 향했다. 3천 명의 손님을 수용할 수 있다는데 내부 규모가 실로 엄청났다. 독일 족발 '슈바인학센'과 함께한 맥주도 잊지 못할 맛이었다.

호국영웅 따라 세계여행

호국영웅 따라 세계여행

8월 말 여행을 시작했는데, 어느덧 12월이 찾아왔다. 뮌헨을 더 즐기고 싶었지만 더 추워지기 전에 대륙횡단을 완료해야 한다는 생각에 아우토반을 다시 달렸다. 메밍겐이라는 도시를 막 지났을 때쯤 비가 내리기 시작했다. 주변의 작은 마을에서 다행히 숙소를 구할 수 있었고, 내일이면 독일을 빠져나가기 때문에 그 핑계로 독일 맥주를 더 마셔보기로 했다. 시골마을임에도 맥주의 본고장답게, 맥주만을 취급하는 창고형 마트가 눈에 들어왔다. 우리가 고른 다양한 맥주들이 800원~1,500원 정도인 것을 보고는 맥주 20병 정도를 쇼핑 바구니에 담았다. 사장아주머니와 맥주를 추천해 주는 젊은 직원은 우리를 신기하게 쳐다본다. 그런데 계산을 하려 하자 자기가 사장이라며 돈을 받지 않으려고 한다. 한국에서 온 여행자에게 주는 선물이라며 흐뭇한 미소를 보이는 것이다. 돈을 지불하려는 우리와 한참을 실랑이 끝에 제값을 지불했고, 돈보다 더 소중한 것을 독일의 어느 작은 시골마을에서 얻어갔다.

세계에서 6번째로 작은 나라를 지나

독일에서 다시 오스트리아에 입국했다. 스위스로 가려면 오스트리아를 다시 거쳐서 가야만 했다. 스위스입국을 눈앞에 두고 있었지만 스위스와 오스트리아 사이에 끼어있는 나라 '리히텐슈타인'을 여행해 보고 싶어 리히텐슈타인에 먼저 입국했다. 리히텐슈타인은 인구는 3만 7천명밖에 되지 않는 입헌군주제 국가이다. 세계에서 6번째로 작은 이 나라는 오스트리아의 귀족인 리히텐슈타인 가문이 땅을 사면서 만들었다고 하는데, 외교와 국방을 인접국인 스위스에 위임하고 있으며, 공용

어는 독일어를 사용하는 재미있는 나라였다. 리히텐슈타인에 입국해서 스위스로 가는 길을 찾고 있었는데, 알고 보니 이미 출국을 한 상태였다. 실로 이 나라가 얼마나 작은 나라인지 느낄 수 있었다.

드디어 알프스의 나라 스위스 여행을 시작했다. 스위스의 첫 목적지인 '취리히'로 가기 위해서는 높은 산맥을 넘어야 했다. 해가 떨어진 스위스의 구불구불 이어지는 고갯길을 넘다보니 마을 사람들끼리 소소하게 크리스마스 마켓을 열고 있었다. 남녀노소 모닥불을 때며 즐기는 모습들을 그냥 지나칠 수가 없었고, 우리도 몸을 녹일 겸 중간중간 멈춰 그들과 어울렸다. 스위스 산골 사람들의 따뜻한 인정에 여행의 피로가 순식간에 녹아내린다.

스위스 산골 작은 마을들을 지나 '장크트갈렌'에 도착했고, 얼어붙은 몸을 치즈가 가득한 피자로 녹여주었다. 예상보다 지체된 탓에 목적지였던 취리히까지 미치지 못하고 '빈터투어'라는 공업도시에서 머물기로 했다.

호텔에 짐을 풀고 누웠더니 쿵쾅쿵쾅 소리가 난다. 숙소 사장이 클럽을 함께 운영하는 모양이다. 우리는 곧장 내려가 바에 앉아 술을 마셨다. 입구에 세워져 있는 우리의 모터사이클을 봤다며 어느 나라에서 온 여행자인지 하나둘 관심을 보이기 시작한다. 맥주를 우리에게 사줘도 되겠냐는 스위스의 여러 젊은이들은 우리의 여행 이야기를 들려달라고 모여들었다. 스위스의 첫날밤 친해진 그들과 밤새 이런저런 이야기들을 나누다 잠에 들었다.

비 오는 취리히에 도착했고 계획에 없던 이탈리아 밀라노를 들러 다

호국영웅 따라 세계여행

시 스위스로 돌아오기로 했다. 돌아오는 길에 원래의 계획이었던 스위스 인터라켄을 들러 알프스를 여행하기로 계획을 수정한 것이다. 그때 문제가 생겨버렸다. 이탈리아로 가는 길은 경사가 심한 부분도 있을뿐더러 눈 예보까지 생긴 것이다. 지금까지 눈 덮인 산을 수도 없이 넘었지만 더 이상 똑같은 실수를 반복하고 싶지는 않았다. 더군다나 친구의 모터사이클 상태가 좋지 않았기에 지금 문제가 생긴다면 여기서 여행이 끝나버릴 것만 같았다. 결국 우리는 취리히 중앙역에 모터사이클을 주차하고 버스를 타고 밀라노로 향했다. 유럽에는 국제선 버스도 국내선 버스처럼 편리하게 이동할 수 있도록 잘 갖추어져 있었기에 밀라노까지 이동하는 데 전혀 문제가 없었다.

한국전쟁 의료지원국

이탈리아에 도착했다. 이탈리아 역시 독일과 마찬가지로 6·25전쟁 의료지원국 6개국 중 하나였다. 이탈리아는 심지어 유엔회원국이 아니었는데도 적십자연맹의 요청에 따라 의료지원부대를 파견했고, 참전국 중 유일한 유엔 비회원국이란 기록을 세웠다. 이탈리아의 제68적십자 병원은 1951년 6월 부산에 입항한 후 민간인을 위한 진료소를 영등포에 설치했고, 구로에서 발생한 대형 열차 충돌 사고에도 응급조치반을 출동시켜 더 큰 피해를 막았다.

그들에게 감사하는 마음으로 밀라노 여행을 시작했다. 세계 패션과 디자인의 중심지인 이곳은 이탈리아의 경제적 수도라 불릴 정도로 최대의 경제 중심지이기도 하다. 우리가 버스에서 내린 하차지점에서 멀지 않은 곳에 '산시로 스타디움'이 있어 잠시 들렀다. 세계적인 명문구단 AC밀란과 인터밀란의 홈구장으로 쓰이는 이곳은 세계 최강의 클럽 축구팀을 가리는 대회인 별들의 전쟁 '챔피언스 리그'가 웸블리 스타디움에 이어 두 번째로 많이 개최된 곳이기도 하다. 일정이 맞지 않아 오늘도 경기를 볼 수는 없어 무척이나 아쉬웠다. 이어서 밀라노의 대표적인 관광지인 '밀라노 대성당'으로 이동했다. 축구장 1.5배 크기의 밀라노 대성당은 바티칸, 세비야 성당에 이어 세계에서 세 번째로 큰 규모를 자랑한다. 고딕 양식의 아름다운 성당을 바라보니 비로소 이탈리아에 도착했다는 실감이 나기 시작했다.

1877년도 완공되어 명품매장들이 입점하고 있는 '비토리오 에마누엘레 2세 갤러리아'는 밀라노 대성당이 있는 두오모 광장으로부터 스칼

라광장까지 이어져 있었다. 돔 지붕의 보행자 거리로 이어져 있는 아름다운 거리를 걷는 동안 밀라노의 부르주아가 된 것 같은 느낌을 받기도 했다. 레오나르도 다빈치의 '최후의 만찬'이 그려져 있는 '산타마리아 델레 그라치에 성당'을 지나 레오나르도 다빈치가 참여한 대표적인 르네상스 건축물인 '스포르체스코성'까지 둘러보고는 밀라노 전통 레스토랑에서 와인을 마시며 짧은 밀라노 여행을 마무리했다.

유럽의 지붕,
알프스

    스위스 '인터라켄'에 도착했다. 거대한 설산은 물론, 푸른 초원과 햇살이 부서지는 아름다운 호수, 그리고 아기자기한 오두막집들까지… 많은 여행자들이 스위스를 최고의 여행지로 뽑는 이유일 것이다. 이러한 스위스의 매력을 제대로 느끼기 위해 대부분의 여행자들은 알프스 교통의 요충지인 인터라켄을 베이스캠프로 한다. 인터라켄에는 다양한 숙소가 있으며, 다양한 액티비티 투어의 시작점이기도 하다. 패러글라이딩과 스카이다이빙, 캐녀닝, 트레킹, 그리고 번지점프까지, 평소에 즐겨왔던 액티비티들로 가득한 이곳은 우리에게 천국이었다. 또한 많은 여행자들이 인터라켄을 찾는 가장 큰 이유는 '융프라우'에 가기 위함일 것이다. 해발 4,166m의 융프라우는 알프스 높은 봉우리 중 한 곳인데, 세계적으로 인기 있는 이유는 다른 알프스의 고지들과는 달리, 해발 3,454m에 위치한 고지 융프라우요흐까지 기차로 이동할 수 있기 때문이다.

    융프라우 산악기차를 타고 올라가는 길에 알프스산맥의 아름다운 마을인 그린델발트, 클라이네 샤이덱 등을 구경할 수 있다. 하지만 융프라우요흐까지 가는 산악기차의 가격이 만만치 않아 코스를 고민 중이었다.

호국영웅 따라 세계여행

　그런데 그때 게스트하우스 직원이 여행자들에게 비가 내려 융프라우
등 고지대로 이동하는 구간이 폐쇄되었다고 알려주는 것이 아닌가? 궂
은 날씨는 비싼 산악기차 가격으로 고민하던 우리에게 선택의 폭을 줄
여주었고, 그린델발트까지 산악기차로 이동하며 보이는 창밖의 풍경만
으로도 알프스를 느끼기에는 충분했다. 그린델발트에 도착했지만 구름
과 안개가 뒤덮여 기대했던 풍경은 아니었다. 아쉬웠지만 기왕 여기까
지 온 거 친해진 한국인 여행자들과 함께 그린델발트의 설산을 배경으
로 준비해온 한국의 컵라면을 먹으며 나름 즐겨보기로 했다. 그런데 그
때 거짓말처럼 안개가 걷히면서 햇빛이 들기 시작했다. 내리쬐는 햇빛
은 설산과 푸른 초원을 밝혔고, 그린델발트의 오두막집들과 어우러져
너무도 아름다운 풍경을 만들어냈다. 라면을 먹던 우리는 초원에서 요
들송에 맞춰 춤을 추었다.

호국영웅 따라 세계여행

　인터라켄에서 관광도시 루체른을 지나 다시 취리히로 돌아왔다. 취리히 중앙역 주차장에 주차해 놓은 우리의 모터사이클이 반갑게 우리를 맞아주었다. 다시 기동력이 생긴 우리는 부지런히 달렸고, 독일 국경 도착 전, 해가 떨어져 스위스에서 하루 더 머물기로 했다. 그런데 이상하게도 예약한 숙소가 취소되고 주변 호텔들 역시 모두 문을 닫아 밤이 깊도록 방황하는 신세가 되어버렸다. 우리를 돕겠다던 주변의 스위스 사람들도 몇 군데 숙소를 알아봐 주더니 너무 늦어 가능한 숙소가 없다고 한다. 그러던 와중 한 명이 우리를 자신의 집에 초대하고 싶어했다. 너무 늦은 시간이었기에 그럴 수 없다며 거절하자 그는 우리가 캠핑 장비가 있음을 깨닫고, 자신의 집 앞 사유지에서 캠핑을 해도 괜찮다고 권했다. 유럽의 대부분 나라에서는 노지캠핑이 불법이었기에 그리스 캠핑장에서의 캠핑을 마지막으로 더 이상 캠핑은 하지 않고 있던 상황이었는데 너무도 반가운 소식이었다. 그를 따라가 공터에 텐트를 설치하고는 그에게 감사의 뜻으로 한국에서 가져온 기념품을 선물했다.

비 오는 스위스의 어느 작은 시골마을 텐트 안에서 오랜만의 모터사이클 주행으로 피곤해진 몸을 누이자마자 잠에 들었다. 날이 밝고 다시 만난 독일의 아우토반이 너무도 반가웠다. 곧장 북쪽을 향해 달렸고, 독일 넘버원 자동차 도시 '슈투트가르트'를 지나 독일 여행을 마무리했다.

대한민국을 도운 작지만 강한 나라

룩셈부르크에 도착했다. 룩셈부르크는 한국전쟁에 UN군의 일원으로 참전했기 때문에 처음 이 여행을 계획할 때부터 꼭 여행하기로 마음먹었던 나라였다. 룩셈부르크는 참전국 중 가장 소규모의 인원을 파병한 나라로 1개 소대가 벨기에군 보병 대대 내에 편성되어 참전하였다. 자국 역사상 최초이자 유일한 전투부대를 한국전쟁에 파병한 것이었으니 쉽지 않은 결정이었을 것이다.

벨기에-룩셈부르크 대대는 금굴산 전투에서 혁혁한 공을 세웠다. 금굴산 전투는 1951년 4월 22일부터 25일까지 치른 전투로, 영연방 제29여단에 배속되어 임진강 북방의 돌출된 금굴산을 방어한 전투이다. 그 지역이 중공군에게 점령당할 경우에는 전곡-연천-철원 축선의 도로가 차단되어 철수하는 UN군부대 전체가 포위될 상황에 이르게 되므로, 그들이 철수를 완료할 때까지 진지를 고수하여야만 했던 것이다. 이 전투에서 중공군이 사단 병력을 투입하여 공격을 가했으나, 벨기에-룩셈부르크 대대는 막대한 병력손실을 감수하면서도 끝내 진지를 고수해냈다. 파병된 89명 중 2명이 전사하고 14명이 다쳤다. 가장 소규모의 파병인원이었지만 당시 룩셈부르크 인구가 20만 명인 것을 감안하면 결코 적지 않은 파병 인원이었다. 목숨 바쳐 우리를 도운 고마운 나라인데 아쉽게도 우리 국민들에게는 크라잉넛의 '룩셈부르크'라는 노래로 더 익숙한 나라이다.

룩셈부르크의 수도인 룩셈부르크에서 랜드마크 격인 노트르담 대성당을 찾았다. 사실 이곳을 찾아왔다기보다는 그 앞에 있는 '한국전쟁기념탑'을 보기 위해서였다. 룩셈부르크 헌법광장에 다다르니 높게 솟은 탑의 꼭대기에 황금여신상이 보였고 그녀를 따라가니 탑의 아래에 한국전쟁 참전용사들을 포함한 전쟁의 희생자들을 추모하는 글이 프랑스어로 쓰여 있었다. 잠시 그곳에 머물러 경건한 마음으로 경례를 올렸다.

룩셈부르크뿐만 아니라 베네룩스 3국 네덜란드, 벨기에, 룩셈부르크 모두한국전쟁에 참전했다. 벨기에와 네덜란드의 참전 기념비를 찾아가고 기회가 되면 참전용사들도 만나 뵙고 싶었기에 곧바로 다시 모터사이클에 시동을 걸었다. 그런데 진묵의 모터사이클이 또다시 말썽이다.

중앙아시아에서 처음 체인이 끊어진 이후부터 엔진과열과 체인문제가 반복되긴 했지만 이번에는 새로운 문제에 직면한 것이다. 제발 배터리 방전문제이길 기도하며 자체적으로 가지고 다니는 점프스타터를 이용해 배터리를 충전해 보지만 얼마 가지 않아 배터리가 나가 버린다. 전력 공급이 지속적으로 되지 않는 듯하다. 다행히 룩셈부르크에 모터사이클 정비소가 있긴 했지만 부품수급의 문제로 방법이 없다는 대답뿐이었다. 국산 모터사이클을 타고 여행 중인 친구의 모터사이클의 부품을 구하기는 쉽지 않았고, 우여곡절 끝에 룩셈부르크 시내에서 조금 떨어진 곳에 한국 모터사이클을 취급하는 정비소를 찾아 임시방편으로 문제를 해결했다.

자유를 향한 벨룩스대대의 의지

벨기에의 수도인 브뤼셀에 도착했다. 브뤼셀은 유럽연합의 주요한 기관들이 소재하고 있기 때문에 유럽의 심장으로 불리기도 한다. 이곳 또한 지금의 대한민국의 자유를 수호하는데 한몫했던 고마운 나라이다. 사실 한국전쟁 발발 당시의 벨기에는 이미 제2차 세계대전을 겪으며 큰 피해를 입은 상태였기에 다른 나라의 전쟁을 지원하기 힘든 상태였다. 하지만 벨기에는 열강에 둘러싸인 자신들과 같은 처지의 대한민국을 보고만 있을 수는 없었고, 결국 1개 대대 병력을 편성해 파병하게 된다.

벨기에의 파병에는 특별한 이야기가 하나 있다. 당시 벨기에 국방장관이자 상원의원인 '앙리 모로 드 믈랑'은 장비만 지원하자는 다수의 의견을 일축하고 파병을 강력히 주장하였다. 뿐만 아니라 그는 직접 한국전쟁에 참전하였는데, 국방부장관이자 상원의원인 앙리 모로 드 믈랑의 참전을 위해 벨기에 법률까지 개정하였고, 결국 50세의 나이에도 불구하고 통신장교로 참전하게 되었다. 참전한 벨기에 대대는 룩셈부르크 소대와 통합 편성되었고, 금굴산 진지를 방어하여 중공군의 진출을 저지했다. 이후 미 제3사단 예하 영국 제29보병 여단에 배속되어 학당리전투, 잣골전투 등에 참가하였고, 그들은 대한민국의 자유를 위해 누구보다 용감하게 싸웠으며 연인원 3,498명을 파병한 벨기에는 파병 병력 가운데 106명이 전사하고 350명이 부상을 입었다.

그들을 추모하기 위해 벨기에 수도인 브뤼셀에 입성하자마자 한국전쟁 기념탑으로 향했다. 한국전쟁 기념탑은 브뤼셀 중심지에서 약간 벗어나 비교적 한적한 '볼뤼베 생 피에르'에 있는데 높은 탑의 중앙에는 금장의 원통이 둘러싸여 한눈에 보기에도 KOREA라는 문구가 한국전쟁 참전용사를 기리기 위해 만들어졌다는 것을 알 수 있었다. 탑의 바닥에는 프랑스어로 '자유로운 세상을 위해 한국에서 쓰러져간 벨기에 사람들을 위하여'라고 쓰여 있다. 벨기에는 네덜란드어와 프랑스어, 독일어를 공영어로 사용하기에 기념탑에는 그중 하나인 프랑스어와 약간의 영어로 모든 글들이 쓰여 있었다.

탑에는 벨기에와 룩셈부르크 전사자 및 실종자 명부가 새겨져 있다. 참전한 룩셈부르크 소대가 벨기에 대대 내에 편성되었기 때문에 이곳에서 함께 추모하고 있었다.

브뤼셀에서 하루 쉬어가며 다음 여행의 루트를 정하기로 했다. 먼저 브뤼셀의 상징이자 브뤼셀 관광의 중심지인 '그랑 플라스'로 향했다. 말 그대로 큰 광장 Gland place 이라는 뜻의 이곳은 13세기에 대형 시장으로 발달하였다. 특히나 상공업 길드시기인 17세기에 갖춰진 고풍스러운 석조건물들은 아름다운 자태를 뽐내고 있어 많은 관광객들에게 사랑받는다. 유명한 오줌싸개 소년 동상을 둘러보고는 와플의 본고장에서 와플을 맛보았다.

그런데 그때 또다시 진묵의 모터사이클이 움직이지 않는다. 룩셈부르크에서 정비받은 지 얼마 지나지 않았는데 너무 당황스러웠다. 이미 브뤼셀 시내의 정비소는 문을 닫았을 시간이었고, 체코에서 사용하던 견인줄을 다시 꺼내 주변의 숙소까지 견인했다. 다시는 이 위험한 행동을 하고 싶지 않았지만 달리 방법이 없었다. 위험한 곡예운전을 마치고 숙소에 도착했다. 긴급회의에 들어가지 않을 수 없었다. 모터사이클은 부품수급 문제로 더 이상 여행을 지속하기는 힘들어만 보였고, 유럽지역 여행 목표인 한국전쟁 UN참전국 방문은 이제 프랑스, 영국, 네덜란드 3개국만이 남아있는 상황이다.

보통의 모터사이클 대륙횡단여행자들은 다시 온 길을 돌아가거나 북대서양과 맞닿아 있는 항구도시에서 모터사이클을 배에 태우는 방법을 통해 한국으로 가야 한다. 멈춰버린 모터사이클과 추워진 날씨 때문에 다시 온 길을 돌아가는 것은 사실상 불가능했고, 바다를 통해 한국에 보내는 방법이 가장 현실적인 방법이었다. 모터사이클이 멈춰버린 브뤼셀 역시 북해를 통해 수출입이 가능했기에 한국과 교역을 하고 있는 해운회사를 알아보기로 했다. 하지만 목표한 UN참전국 여행을 포기할 수는 없었고, 남은 여행을 대중교통을 이용한 배낭여행으로 전환하기로 했다. 네덜란드로 향하기 전 문득 벨기에의 한국전쟁 참전영웅인 앙리 모로 드 믈랑 소령의 회고록 문구를 찾아보았다.

"벨기에도 한국처럼 열강에 둘러싸인 소국이기 때문에 같은 처지의 한국을 도와야 했다. 전쟁은 끔찍한 일이다. 하지만 인간은 전쟁 한가운데서 전우를 위해 목숨을 희생할 수 있는 위대한 창조물이다."

호국영웅 따라 세계여행

전원 자원참전한 네덜란드, 그리고 헤이그특사를 찾다

모터사이클을 브뤼셀에 주차해 놓은 상태로 네덜란드로 향하는 기차에 올랐다. 보통의 여행자들은 수도인 암스테르담으로 향하지만 우리의 목적지는 로테르담과 헤이그로 정했다. 로테르담은 암스테르담 다음가는 네덜란드 제2의 도시로, 유럽 최대의 무역항이다. 이곳에 한국전쟁 기념비가 있기 때문에 유명 관광지이기도 한 수도 암스테르담이 아닌 로테르담으로 향하는 것은 당연한 결정이었다. 또한 네덜란드 정치의 중심지이기도 한 실질적인 수도 헤이그 역시 을사늑약의 불법성을 국제사회에 천명하려 했던 무대였다.

기차를 타고 네덜란드 로테르담 중앙역에 도착했고, 시간이 너무 늦어 네덜란드를 대표하는 맥주를 마시며 숙소로 향한다. 네덜란드의 눈부신 햇살에 이른 아침 눈이 떠졌고, 호텔을 나서자 익숙한 식당 하나가 눈에 들어왔다. 터키식당이었다. 터키 여행 중 먹었던 터키 음식이 너무 그리웠던 우리는 익숙한 요리들을 이것저것 주문해 먹었다. 네덜란드의 터키식당에서 터키 요리를 너무 맛있게 먹는 동양인들을 보며 터키인 종업원들은 신기했는지 말을 걸어온다. 약간의 터키 단어를 구사하는 나를 보며 무척이나 좋아하던 젊은 종업원은 주방에 있는 다른 종업원들을 불러왔다. 연세가 지긋하신 종업원 한 분은 자신의 아버지도 한국전쟁 참전용사라며 한국에서 온 우리를 반겼다. 이쯤 되니 터키사람들은 전 세계 어디에서 만나도 우리를 형제라고 생각해 준다는 생각이 든다. 이들과 즐거운 시간을 보내고 난 후 기차를 타고 헤이그로 향했다.

1907년 만국평화회의 때 한국에서는 고종황제의 밀지密旨를 받은
이상설·이준·이위종 3인이 헤이그를 방문하였다. 그들은 이곳 헤이그
에서 조약의 불법성을 천명하고, 대한제국의 실정과 국권회복 문제를
제기하고자 노력하였다. 하지만 국력의 뒷받침이 없었기 때문에 목적을
달성하지 못했고, 더군다나 일본과 영국의 훼방으로 회의에 참석조차
하지 못했다. 이상설 선생은 사실 우리에게 너무도 친근했다. 극동 러
시아 연해주 지역의 독립운동의 발자취를 찾아 여행하던 때에 홍수로
강물에 잠겨 훼손된 '이상설유허비'를 하루 종일 청소했던 것이 이번 여
행의 시작과도 같았기 때문이다. 3인의 특사는 이곳 헤이그에 만국평
회의를 위해 참석한 세계 각국의 대표들에게 '일제의 협박에 의한 을사
늑약은 무효이며, 한국독립에 대한 열국의 지원을 요청한다'는 내용을
공표했다. 하지만 효과가 미미하자 이에 대해 통탄하던 이준 열사는 머
나먼 이국땅 네덜란드 헤이그에서 1907년 순국하시고 만다. 열사의 시
신은 1963년 고국으로 옮겨지기 전까지 56년 동안 헤이그에서 고국으
로 돌아가길 기다리셨다. 모터사이클을 타고 4달이 걸려 도착한 이 길,
그들은 비행기도 없던 그 시절 조국을 위해 목숨 바쳐 달려오셨고, 이
자리에서 고국으로 돌아가기까지 56년의 세월을 기다리셨다.

유라시아 대륙횡단의 시작이 '이상설'이었다면 대륙의 끝에서 만난
열사는 '이준'이었다. 열사께서 장렬히 순국하신 역사의 현장이 '이준열
사 기념관'이라는 이름으로 그대로 보존되어 있었다. 유럽지역 독립운
동의 성지인 이곳에 헤이그 특사의 파견 배경 및 활약상들이 잘 정리
되어 있었고, 이상설, 이위종 열사에 대해서도 각각의 전시관이 마련되
어 있었다. 특히 유럽지역의 구국운동을 한눈에 공부할 수 있어 반나
절을 이곳에 머물며 그 당시 열사들에게 몰입해 버렸다.

헤이그에 거주하시며 기념관을 관리하시는 관리자 노부부께서는 멀리서 찾아온 우리에게 컵라면을 끓여주신다. 너무 감사한 마음에 우리가 도울 일이 있는지 여쭤자 하루만 빨리 왔다면 이준열사 묘적지에 제초작업을 할 수 있었는데, 이미 작업이 완료된 상태여서 오늘 할 일은 없다고 하신다. 이준 열사 묘적지는 헤이그 외곽의 니우 에이컨다위넌 공동묘지에 소재하고 있다. 1963년 수유리의 묘소에 이장되기 전까지 안장되어 계시던 곳을 아직도 한국정부의 관리비 지원하에 관리되어 오고 있다고 한다. 헤이그를 떠나 다시 로테르담으로 돌아가는 기차에서 열사님과 약속을 해본다. "한국에 다시 돌아가면 꼭 수유리에 계신 열사님을 찾아뵙겠습니다!"

다시 로테르담에 돌아온 우리는 한국전쟁 참전비를 찾아 밤거리로 나섰다. 모터사이클 없이 찾으려니 생각보다 많은 시간이 걸렸고, 공원 주변에서 만난 어르신들의 도움으로 어렵게 한국전쟁 참전비를 찾을 수 있었다. 이곳뿐만 아니라 스하르스베르헌에 소재한 반 하우츠 연대 내에는 6·25 박물관과 한국전 참전 기념비가 위치해있다. 네덜란드는 6·25전쟁 기간 중 육군 1개 대대, 해군 구축함 1척을 파견하여 한국을 지원하였던 나라이다. 5,322명이 참전하여 전사자 120명, 부상 645명 등 768명의 고귀한 희생이 있었다. 특히 연인원 5,322명의 네덜란드 참전용사 전원이 징집이 아니라 자원해 참전했다는 사실이 놀랍기만 하다. 대우산 전투, 평강-별고지 전투를 비롯한 수많은 전투를 치렀는데, 특히 횡성전투가 가장 대표적이다. 횡성전투는 1951년 2월, 횡성 일대에서 벌어진 전투로 중공군의 대공세에 따라 후퇴하는 국군과 미군을 네덜란드군은 이들을 엄호하는 임무를 수행했다. 덕분에 국군과 미군은 전열을 재정비할 수 있었으며, 이 전투에서 전쟁영웅 '마리누스 덴 오우덴' 중령을 포함하여 많은 전사자가 발생했고, 부상당했다.

목숨 바쳐 머나먼 타국, 대한민국의 자유와 평화를 지켜낸 오우덴 중령과 네덜란드 참전용사들께 감사하는 마음과 그들의 희생을 절대 잊지 않아야 할 것이다.

더 이상 움직이지 않는 모터사이클 덕분에 서유럽 여행의 거점이 되어버린 벨기에 브뤼셀로 다시 돌아왔다. 우리는 움직이지 않는 무거운 모터사이클을 밀고 끌며 연락이 닿은 몇몇 실력 있는 정비공들을 만났고, 기다림의 나날을 보냈다. 드넓은 대륙의 험로를 달려와 준 모터사이클이 밉지는 않지만 당장 모터사이클을 고칠 방법이 없다면 이곳 브뤼셀에서 모터사이클을 배에 태워 한국으로 보내야만 한다. 더 이상 시간을 지체할 수 없어, 프랑스 파리와 영국 런던을 대중교통을 통해 배낭여행 하는 동안 두 대의 모터사이클을 한국으로 보낼 방법을 찾아 보기로 했다.

유럽에서는 국가와 국가를 잇는 대중교통이 잘되어있다. 기차뿐만 아니라 플릭스버스나 유로라인 등의 버스회사는 유럽 전역의 도시를 운행한다. 시간은 좀 걸리지만 기차에 비해 저렴한 가격에 이동할 수 있고 어플리케이션을 통해 편리하게 예약도 할 수 있었다. 무료 와이파이와 버스객실 내 화장실이 있는 파리행 2층버스에 올랐다. 대한민국의 자유를 위해 희생한 분들에 대해 깊게 생각해 볼 수 있었던 베네룩스 3국의 여행을 뒤돌아보니 너무도 만족스럽기만 하다.

계급보다 중요했던 자유에 대한 신념

파리의 지하철인 Metro를 타고 저 멀리 에펠탑을 향해 걸었다. 모터 사이클 없이 세느강변을 천천히 걷는 것도 나름 낭만적이었다. 파리에 잠시 외교관으로 출장 와있다는 ROTC 동기 '지용'을 에펠탑 앞에서 만 나기로 했다. 우리나라의 전통 스포츠인 '씨름'을 유네스코 UNESCO 인류무형문화유산에 등재하기 위해서 이곳에 와있다고 한다. 수년 만에 재회힌 동기들과 에펠탑을 바라보며 기울이던 와인 한 잔에 너무도 행 복했다. 에펠탑과 마주한 분위기 좋은 레스토랑에서의 와인이기에 그런 건지, 각자의 방법으로 애국을 하고 있는 친구들과 함께여서 그런 것인 지는 잘 모르겠지만 그날의 와인은 달았고, 너무나도 행복한 밤이었다.

　파리의 아침이 밝고 한국전쟁 참전용사 기념탑을 찾았다. 세느강을 따라 걷다보면 마레 다리 근처에 있다는 정보만 갖고 있던 터라 무작정 둘로 나뉘어 세느강 일대를 수색했다. 한참의 시간이 흘러 한반도 모양의 기념탑을 찾아냈다. 기념탑에는 프랑스어로 대한민국을 표기한 'COREE'가 새겨져 있었고, 한반도 모양의 기념탑의 뒤쪽에는 '프랑스 한국전 참전대대 약사'가 프랑스어와 한국어로 쓰여 있다. 프랑스는 한국전쟁에 연인원 3,421명이 참전하여 262명이 전사하고 1,008명의 부상자가 발생했다. 참전한 병사 중 3분의 1이 희생된 것이다. 한국전쟁에 참전한 프랑스군을 생각하면 몽클라르 장군이 가장 먼저 떠오른다. 프랑스군의 전설로 불리는 명장 몽클라르 장군은 1, 2차 세계대전에 참전해 이미 프랑스의 영웅이었으며 중장으로 예편한 상태였다. 하지만 프랑스 정부에서 대대급 규모의 한국전쟁 파병을 결정하자 참전을 위해 자신의 계급을 스스로 중장에서 중령으로 강등시키고 대대장으로 프랑스군을 이끌고 참전한 것이다. 그가 프랑스 국방부 차관의 집무실에서 차관과 나눈 대화는 여전히 많은 이들에게 회자되곤 한다.

"나에게는 계급은 중요하지 않습니다. 육군 중령이라도 좋습니다. 나는 곧 태어날 자식에게 내가 최초의 유엔군 일원으로 참전했다는 긍지를 물려주고 싶습니다."

58살의 몽클라르 중령은 대대장으로 취임했고, 관록과 카리스마로 부대를 단숨에 장악했다. 부산에 도착한 프랑스대대는 미 23연대에 소속되어 지평리 전투에 투입되었다.

1951년 2월 13일 밤 중공군의 공격이 시작되었고, 중공군이 인해전술로 몰려오자 몽클라르 장군과 프랑스대대는 사이렌을 울리며 진지 안으로 들어오는 중공군과 육탄전을 펼쳤다. 그들의 놀라운 심리전과 백병전으로 결국 중공군은 5천 명의 희생을 치르고서야 철수한다. 프랑스대대는 지평리 전투 외에도 32개월 동안 쌍터널 전투, 단장의 능선 전투, 화살머리고지 전투, 중가산지구 전투에서 혁혁한 공을 세웠다. 계급보다는 자유수호를 더 중요시한 몽클라르 장군과 목숨 바쳐 싸운 프랑스군 희생자들을 추모하며 기념탑 주변 정화활동을 했다. 한결 깨끗해진 프랑스 한국전쟁 기념비 앞에서 다시 한번 희생자들에 대한 예의를 갖췄다.

세느강변을 따라 걷다 눈앞에 나타난 노트르담 대성당의 아름다움에 취해본다. 여행에 다녀온 후 이토록 아름다운 노트르담 성당이 최근 불에 타버렸다는 사실을 뉴스를 통해 접했다. 수많은 프랑스인들이 노트르담 성당의 지붕과 첨탑이 불에 타 무너져 내리는 모습을 보고 눈물을 흘렸고, 세계의 많은 이들 역시 슬픔에 잠겼다. 많은 문화 예술인들에게 영감을 주었을 프랑스의 상징이 다시 본래 모습을 되찾기를 나 또한 기원해 본다. 프랑스를 떠나기 전 낭만적인 몽마르뜨 언덕에 올랐다. 파리 시내를 내려다보며 몽클라르 장군이 서거 전 했던 말을 되뇌어 본다.

"나는 전쟁을 종식시키기 위해 참전했다. 평화는 거저 얻어지는 게 아니다."

"한국전쟁은 반드시 참전했어야 했던 전쟁이었다."

손에 든 따뜻한 뱅쇼 한 잔을 그와 건배하니, 지금 나의 이 순간을 있게 해준 그들에게 더욱 감사한 생각이 든다.

호국영웅 따라 세계여행

호국영웅 따라 세계여행

신사의 나라와 한국전쟁

파리에서 타고 온 버스를 페리에 싣고 섬나라인 영국으로 이동한다. 이번 여행에 배를 타는 것은 세 번째였다. 동해항에서 러시아 블라디보스토크에 갈 때, 중앙아시아에서 카스피해를 건너 코카서스 3국으로 건널 때, 그리고 도버 해협을 건너 영국으로 가는 지금까지, 항상 나와 함께였던 모터사이클을 두고 나 혼자만 페리에 몸을 실으니 뭔가 미안한 감정이 들었다. 동고동락하는 4달의 시간 동안 진정 모터사이클과 친구가 되어 있었던 것이다. 오랜만에 선상에서 바닷바람을 맞았다. 해협을 건너는 배 위에서 스카치위스키를 한잔하니 동해에서 처음 배를 타고 여행을 출발했던 날의 기분이 생생하다.

런던에 도착해서 가장 먼저 한 일은 역시나 한국전쟁 참전 기념비를 찾는 것이었다. 영국은 연인원 5만 6,000명을 한국전쟁에 파견했고, 그 숫자는 유엔군 가운데 미국에 이어 두 번째로 많은 규모였다. 영국군은 1951년 1·4후퇴 직전, 막대한 희생을 치르면서도 끝까지 방어선을 유지하여 한국군과 미군의 철수를 엄호해냈던 고양 전투와 중공군이 유엔군의 퇴로를 차단하려는 작전을 저지하며 중공군의 공세를 지연시키는 혁혁한 공을 세웠던 가평전투에 참가했다. 그 외에도 낙동강방어선전투, 정주·박천전투, 신둔리 전투, 후크고지전투 등 많은 전투에 참가했다. 1,078명이 전사했고, 2,674명의 부상자와 179명의 실종자를 포함해 피해 군인은 총 4,731명에 달한다. 대한민국의 자유를 위해 영국군 역시 엄청난 희생이 따랐던 것이다. 1951년 4월, 파주 적성 일대에서 3일간 영국군 29여단 5,700여 명이 중공군 3만여 명의 남하를 저

지한 임진강 전투 설마리 전투 또한 유명하다. 이렇게 많은 참전인원과 많은 희생자가 발생한 영국군이지만, 아이러니하게도 런던의 한국전쟁 참전 기념비는 16개 참전국 가운데 지난 2014년, 가장 마지막으로 건립됐다.

국방부의 바로 옆 공원에 위치한 영국군 한국전쟁 참전비는 템스강변을 따라 걷다보니 어렵지 않게 찾을 수 있었다. 내가 군 생활하던 파주에는 설마리 전투 추모공원을 비롯해 영국군의 희생을 기리는 여러 곳이 있어 영국군의 크나큰 희생은 익히 알고 있던 터라 더욱 감회가 새로웠다. 이곳의 기념비는 런던의 랜드마크 중 하나인 런던아이와 템스강을 사이에 두고 마주하고 있는데, 유동인구가 많은 곳에 위치해 있어 많은 이들이 찾는다.

호국영웅 따라 세계여행

참전 기념비는 5.8m 높이의 첨탑 앞에 3.1m 높이의 고개 숙인 영국 군 동상을 형상화하여 잘 만들어져 있었다. 전우를 잃고 전쟁의 참혹 함에 고개를 숙인 듯한 동상의 모습에 마음이 무거웠다. 첨탑의 한쪽 면은 한국의 지형, 다른 한쪽 면은 한반도 지형과 대한민국 국기가 새 겨져 있는데, 특히 첨탑 하단의 "대한민국의 자유와 민주주의 수호를 위한 영국군 장병들의 희생에 감사드립니다"라는 한글과 영어 문구는 길을 지나는 모든 사람들의 눈길이 잠시 멈추는 곳이다.

공원을 거닐던 많은 관광객들이 기념비에 호기심을 갖고 발걸음을 멈추는 것을 보니 런던의 참전비는 다른 국가에서 다소 아쉬웠던 참전 비보다는 더 큰 역할을 수행하고 있어 보여 마음이 뿌듯했다. 뿐만 아 니라 템스강 주변의 런던 중심지에는 제2차 세계대전으로 희생된 영국 군을 추모하기 위해 기부금으로 마련된 영국전쟁기념비라던가 공군 기 념비가 있는데, 가던 길을 멈추고 그곳을 한참을 바라보며 추모하는 사람들을 쉽게 볼 수 있었다. 영국인들이 참전 군인들을 어떻게 생각 하는지 조금은 알 것만 같았다.

버킹엄 궁전과 그곳을 지키는 근위병들을 보고 난 후 크리스마스 준비로 분주한 런던중심가의 거리를 거닐었다. 영국 신사들이 붐비는 영화 〈킹스맨〉의 배경과 같은 양복점들과 구두점들을 구경하니 작은 거리의 분위기에도 금세 들떴다. 런던의 상징과도 같은 빨간 공중전화 박스와 도로의 2층버스도 여행자들의 눈을 즐겁게 해준다. 모터사이클 없이 여유 있게 걷는 여행도 나름의 매력이 있었다. 런던의 랜드마크인 빅벤 시계탑과 런던아이 그리고 타워브릿지 주변을 밤이 깊도록 계속 걸어본다.

날이 밝고 '임페리얼 전쟁 박물관'을 찾았다. 무료입장인 이 박물관은 여행하며 다녀온 다른 여타 국가의 전쟁박물관보다 잘 꾸며져 있었고 제1차 세계대전부터 현재에 이르기까지 영국과 영연방의 전쟁사와 활동을 알리고 있었다. 특히 제2차 세계대전 중 나치의 유대인 탄압과 만행과 관련된 내용과 유대인들의 유품을 전시하고 있는데, 부모의 손을 잡고 이곳에 온 어린아이들도 웃음기 없는 얼굴로 인류의 만행을 확인하고 있었다.

이곳 역시 한국전쟁에 대해 잘 소개하고 있었고, 대한민국 최전방 GOP와 DMZ 등 분단의 현실을 실제 사진으로 전시하고 있었다. 한국전쟁이 소개되어 있는 곳 앞에서 만난 영국 청년은 KOREA라고 적혀 있는 모자를 쓰고 있었다. 그는 한국에 다녀온 적이 있기 때문에 한국전쟁에 관심을 갖고 이곳에 왔다고 한다. 한국에 반한 영국남자를 런던에서 만난 것이 반가워 함께 한국전쟁 전시관을 둘러보며 그에게 자료들을 설명해주다 보니 우리에게도 더욱 알찬 관람이 되었다.

고마운 모터사이클을 떠나보내다

모터사이클이 기다리는 벨기에 브뤼셀로 다시 돌아왔다. 런던을 여행하는 동안 브뤼셀 해운회사와 접촉이 되었고, 비용은 많이 들지만 몇 달 후 한국에 도착하는 배에 싣기로 했다. 그들과 접촉하기로 한 것은 3일 후였고, 우리는 3일 동안 벨기에서 유럽 여행을 마무리하기로 했다. 해운회사는 브뤼셀 외곽의 항만에 위치해 있었고 그곳에 숙소를 정했다. 내 모터사이클을 타고 브뤼셀 구석구석을 다시 한번 여유 있게 여행했다. 숙소에서 친해진 아르헨티나 친구들인 안드레스, 알렉스와 이틀 내내 함께했다. 그들은 나에게 아르헨티나 여행을 오게 된다면 자신의 집에서 머물며 함께 여행하자고 했다. 유라시아 여행의 끝에서 만난 아르헨티나 친구들은 다음 여행으로 계획 중인 남미여행을 더욱 기대하게 만들었다.

　사전에 접촉한 벨기에 해운업체에 모터사이클을 보내는 날이다. 해운업체 관계자에게 우리의 모터사이클을 인계하는 데는 그리 오랜 시간이 걸리지 않았다. 서로 몇 가지 서류를 확인하고는 배에 싣기 전 컨테이너에 적재하기 위해 나무로 포장을 한다. 이제 모터사이클은 몇 달 동안 전 세계의 바다를 누빈 후 한국에서 다시 만날 것이다. 대륙의 반대편에서 여기까지 나를 데려다준 모터사이클에게 마지막 키스를 했다.

아프리카, 오세아니아, 동남아시아의 형제들

에티오피아, 남아공, 호주, 뉴질랜드, 태국, 필리핀

불패신화의 칵뉴부대와 창공의 치타부대

브뤼셀 공항에서 아프리카 에티오피아로 가는 항공편에 올랐다. 우리에게 에티오피아는 커피로 익숙한 아프리카의 한 나라지만, 한국전쟁에 우리를 위해 달려와 준 고마운 나라라는 사실을 아는 사람은 많지 않다. 수도인 '아디스아바바'에 있는 한국전쟁 참전용사 기념공원과 에티오피아군 한국전쟁 참전용사 분들을 찾기 위해 아프리카로 향하는 것이다.

에티오피아의 공항에 도착하자 따뜻한 공기가 몸을 감싼다. 겨울 유럽을 여행하다 온 탓에 적도에 가까운 아프리카의 날씨가 더욱 덥게 느껴졌다. 하지만 다행히도 수도인 아디스아바바는 해발고도가 백두산과 한라산의 중간 정도인 2,400m나 되어 비교적 서늘한 고산기후였다. 숨이 막힐 정도의 더위는 아닌 것에 감사했고, 첫 아프리카 여행이 설레었다.

호텔에 짐을 풀고 바로 아프리카 전통 복장으로 옷을 갈아입은 우리가 가장 먼저 찾은 곳은 '한국전쟁 참전용사 기념공원'이었다. 그곳

에 가기 위해서 호텔 앞 택시에 올랐다. 영어가 가능한 택시기사 '대리'
가 맘에 들어 하루 종일 그와 함께하기로 했다. 무더위와 치안 걱정도
있었지만 택시로 일일투어를 하는 것이 가장 합리적인 판단이었다. 에
티오피아를 여행하기에 많은 시간이 주어지지 않았고 저렴한 비용으로
여행할 수 있는데다가 '대리'는 믿을 만한 친절한 택시기사였다.

호국영웅 따라 세계여행

대리와 함께 공원을 한참을 찾아다녔다. 공원 입구에 태극기와 한글로 쓰여 있는 문구가 우리를 반겨주었다. 입구에 들어서자 나무로 울창한 공원이 펼쳐졌다. 참전 기념탑에는 에티오피아 국기와 태극기가 양옆에 걸려있고, 중앙 비석에는 "대한민국 6·25 전쟁에서 자유 수호를 위해 산화한 용사여! 이제 편히 잠드소서!"라고 쓰여 있다.

파병인원 3,518명이라는 숫자는 십만이 넘는 미군에 비하면 적은 숫자로 느껴질 수 있겠지만 유일한 아프리카의 지상군 파병국가였으며, 그 숫자만으로도 충분히 적들에겐 공포의 대상이었다고 한다. 당시 에티오피아 셀라시에 황제는 "침략군에게 부당하게 공격당한 나라가 있다면 다른 나라들이 도와줘야 한다."라고 하며 정예부대인 '칵뉴부대'에게 "목숨을 걸고 이길 때까지 싸워라. 그렇지 않으면 죽을 때까지 싸워라."는 명을 내렸다. 이렇게 참전한 칵뉴부대는 253번의 전투에서 모두 승리하는 신화를 썼고, 121명이 목숨을 잃었다. 이들이 우리를 목숨 걸고 도와주기까지 특별한 사연이 있다.

1935년 이탈리아에게 침공당한 에티오피아는 국제사회에 도움을 요청했지만 아무도 손을 내밀어 주지 않았고, 결국 27만의 국민이 희생당하고 나라까지 빼앗긴 경험이 있었다. 나라를 빼앗기는 아픔을 잘 알았기에 UN의 파병요청을 흔쾌히 받아들인 것이다. 그렇게 지구 반 바퀴를 돌아 목숨을 걸고 싸웠던 그들은 수백 명의 부상자들과 함께 고국에 돌아왔다. 하지만 그들에게는 더 큰 시련이 기다리고 있었다고 한다.

1974년 쿠테타에 의해 공산정권이 들어서고, 북한군과 싸웠다는 이유로 재산 몰수와 더불어 엄청난 핍박을 받았다. 자본주의 국가를 도와줬다는 이유로 비난받던 그들이 아직까지도 대한민국을 잊지 않고 제2의 고향으로 생각하고 있다는 내용의 다큐멘터리를 과거에 본 적이 있다. 그들은 온몸에 총탄자국으로 평생을 고생했고, 자신과 자손들은 굶주리며 살아야 했지만 지금의 부유한 대한민국의 소식을 들으며 기뻐하던 모습이 생생하다. 이제는 우리가 그들을 도울 때가 되지 않았나 싶다.

아프리카에는 에티오피아 외에도 한국전쟁에 참전한 또 하나의 나라가 있다. 바로 아프리카 대륙의 최남단에 위치한 '남아프리카공화국'이다. 당시 직선거리로 16,000km의 남아프리카공화국이 직접적으로 참전하는 것은 비현실적이라는 UN내각회의에서의 발표가 있었지만 아프리카 대륙에 불어오는 공산화의 바람 속에 있었던 남아프리카공화국은 민주주의에 대한 의지를 국제사회에 피력해야 했다.

한국전쟁이 발발하자 남아프리카공화국은 의회에서 한국 파병 결의안을 만장일치로 통과시키고 병력을 파병했다. 결국 전 국민의 지지를 받아 '창공의 치타'라는 별칭의 비행부대가 한국으로 향했다. 1950년 11월 16일, 부산 수영비행장에 도착한 공군은 청천강 이북지역에 출격했고 이후 지상군에 대한 항공지원, 후방지역 차단작전, 산업시설 파상작전 등에 힘썼다. 또한 수백여 문의 야포 및 대공포 진지를 무력화했고, 수백 대의 차량 및 전차를 파괴하는 등의 혁혁한 전과를 세웠다. 특히 적군의 보급로를 방해한 스트랭글 작전과 적의 발전소에 폭격을 가한 프레셔 작전 역시 눈부신 전과였다. 826명이 참전한 치타 부대는 1만 2,405회를 출격해, 36명이 전사했다.

대한민국의 하늘에 평화를 수놓았던 '창공의 치타' 그들의 헌신 역시 반드시 우리는 기억해야 할 것이다. 아프리카의 또 다른 형제 남아프리카공화국을 언젠가 반드시 여행할 것을 기약하며 에티오피아 일정을 마무리한다.

이티오피아 군은 한국전선에서
주로 산양리, 화천, 문등리, 금화 등
강원도 지역에서 공산 침략군과
싸웠다.

THE ETHIOPIAN SOLDIERS FOUGHT
AGAINST THE AGGRESSOR
AT SANYANG - NI, HWACHON
MUNDUNG - NI, KUMHWA ETC.DF
KANGWON - DO AREA
DURING KOREAN WAR.

1951   1953
한국 전쟁 인명 피해

: CASUALTIES

전사   부상
:122   :536
DEAD   WOUNDED

전 투 지 역

: BATTLE ZONE

MUNDUNG-NI
DMZ   KUMHWA
CHIPO-RI   SANYANG-NI
38°   HWACHON
KAPYONG   CHUNCHON

Memorial Hall for Ethiopian Veterans in the Korean War
We donate this Hall in appreciation for Ethiopian people and veterans
who fought for freedom during the Korean War.

대한민국 6 · 25전쟁 참전용사회관
한국전쟁에 참여하여 자유를 수호해 주신 에티오피아 국민과 참전용사
여러분의 고마운 뜻을 기리기 위한 보훈의 뜻으로 이 회관을 기증합니다.

기증   대한민국 춘천시(Chuncheon City, Korea)
        에티오피아한국전참전용사후원회
Donated by (Supporters' Association for the Ethiopian Veterans Korean War)

왕립호주연대와 뉴질랜드포병연대의 눈부신 활약

죽마고우 '성구'와 함께 호주로 휴가를 떠났다. 사실 천혜의 자연환경과 액티비티를 즐기겠다는 기대감과 시드니에 살고 있는 친구들을 만날 생각에 너무도 설레었다. 하지만 호주를 여행하기로 결정한 가장 큰 이유 역시 지금의 대한민국을 있게 한 영웅들의 나라에 가고 싶었기 때문이었다. 한국전쟁 당시 호주는 미국에 이어 2번째로 신속하게 참전을 결정했다. 17,164명을 파병한 호주는 339명의 전사자와 299명의 부상자를 포함해 1,584명의 희생이 있었으며, 해군 함정 4척과 공군 전투 비행대대1, 수송기편대1 까지도 파병하였다.

많은 영웅들이 안타깝게 희생되었지만 호주군은 여러 전투에서 혁혁한 공을 세웠다. 특히 가평전투는 1951년 4월 22일부터 24일까지 사흘 밤낮으로 싸워 중공군을 막아낸 역사적인 전투이다. 중공군의 5차 공세에 국군 제6사단은 큰 피해를 입었고, 철수를 위해 춘천에서 후퇴하여 가평으로 집결하는 상황이었다. 이로 인해 발생한 전선 중앙의 큰 공백은 자칫 잘못하면 서울이 다시 공산군 손아귀에 넘어갈 수 있는 절체절명의 순간이었다. 이를 막기 위해 뉴질랜드와 캐나다, 그리고 호주 등으로 구성된 UN연합군인 영연방 제27여단이 가평으로 투입되었고, 국군 제6사단을 따라 내려오던 중공군과의 전투가 가평에서 벌어지게 된 것이다. 왕립호주연대 제3대대는 이를 놓치지 않고 대대 화력과 지원전차 및 쏘빙 화력을 집중하여 기습 공격을 퍼부었다. 막대한 피해를 입은 중공군은 포위 공격을 시도했지만, 왕립호주연대 제3대대는 접근전투까지 펼쳐야 하는 절체절명의 상황 끝에 불굴의 의지로 가평에서의 승리를 견인했다. 이 전투의 승리로 아군은 적군의 수도 서울

진입을 막았고 궁극적으로 전쟁의 승리를 향한 교두보를 확보했다. 이때 가평에서 승리를 거머쥐지 못했다면 UN연합군은 결과적으로 서울을 사수할 수 없었을 것이다.

이렇듯 호주군의 가장 치열한 전투를 벌인 가평전투였기에 가평군과의 인연은 지금까지 이어지고 있다. 호주는 매년 4월 25일 안작데이를 '가평의 날'로 지정하였고, 가평전투에 참전한 왕립호주연대 3대대를 '가평대'로 칭하였다. 한국 땅에서 희생한 호주의 젊은이들을 기리기 위해 총 5곳의 호주군 한국전쟁 참전 기념비와 기념공원 또한 설치되어 있는데 수도 캔버라 전쟁기념관, 멜버른 쿼리파크, 시드니 무어파크, 골드코스트 캐스케이드 공원, 호주 타스메니아 한국의 뜰 그중 시드니와 골드코스트의 참전비를 방문하기로 했다.

성구와 함께 시드니 현지에 살고 있는 친구 '형기'를 만났고, 한국전쟁 참전 기념비가 있는 시드니 무어파크로 향했다. 무어파크는 시드니에서도 비교적 큰 편에 속하는 공원이다. 독서를 하거나 낮잠을 자는 사람들도 곳곳에 있었고, 아이들과 놀아주는 아빠의 모습도 보였다. 어젯밤 오페라하우스에서 낭만을 즐기던 인파와는 대조적으로 관광지에서 조금 벗어난 고즈넉한 공원에서 여유를 즐기는 현지인들의 모습이 인상적이다.

공원 한쪽에 태극기와 호주국기가 나란히 펄럭이고 있어 우리는 단숨에 그곳으로 향했다. 태극기는 언제 봐도 가슴을 뭉클하게 만들지만, 타국 공원에 설치되어 있는 태극기는 몇 배의 감동을 전해 준다. 이곳에는 한국전쟁에 참전한 호주군을 기리기 위해 만든 5개의 기념비 중 하나가 있다. 바닥에는 한국전쟁에 참전한 나라들이 나열되어있고,

참전한 그들을 기억하겠다는 비문이 적혀있었다. 친구들이 마트에 간 사이 혼자 남아 참전기념비를 더 둘러보았다.

8,000km 떨어진 이름 모를 나라에서 희생했을 젊은 그들을 생각하니 왠지 그곳을 쉽게 떠날 수 없어 벤치에 한참을 앉아 있었다. 그때 호주 어르신 한 분이 나를 한참 쳐다보시더니 말을 걸어오신다. "내 이름은 조셉입니다. 혹시 한국에서 왔나요?" 한국전쟁 참전 기념비를 멍하니 바라보며 벤치에 앉아있는 동양인을 보고는 한국에서 왔다는 짐작을 했을 것이다. 한국에 관심이 많은 듯해 보이는 어르신이 너무도 반가운 마음에 그 자리에서 함께 앉아 한참을 대화했다. 당시 현역 군인이었던 나를 소개하자 조셉 할아버지는 흥미롭다는 듯이 입가에 미소를 띠신다. 본인은 참전용사는 아니지만 한국전쟁에 참전해 세상을

떠난 친구들이 많이 있었다고 하셨고, 조셉 할아버지의 가까운 지인분 또한 최근 돌아가셨다고 한다. 때마침 조셉 할아버지의 아내분께서 강아지와 산책을 나오셨고, 백발의 노부부는 호주 참전용사를 만나지 못해 아쉬워하는 나를 집으로 초대했다. 친구들이 기다리고 있기도 했고, 부담을 드리고 싶지 않았던 나는 그들의 집 앞에서 함께 차를 마시고는 자리에서 일어났다. 조셉 할아버지는 멀리 버스정류장까지 배웅해주시며 버스가 눈앞에서 사라질 때까지 나를 보며 손을 흔드셨다. 시드니의 오페라하우스와 멋진 해변들도 좋았지만, 나에게 시드니 여행의 가장 큰 기억은 호주 노부부의 따뜻한 정이 아니었나 싶다.

친구들과 함께 휴양지인 골드코스트로 이동했고, 도착하자마자 또 다른 한국전쟁 참전용사 기념공원을 찾기로 했다. 시드니 무어파크와 같은 한국전쟁 참전용사들을 기리는 또 하나의 공원인 골드코스트 케스캐이드 공원은 숙소에서 멀지 않았고, 비 오는 이른 아침 가벼운 발걸음으로 숙소를 나섰다. 뛰어서 40분 정도 걸리는 거리였는데 아침 일찍 비를 맞으며 아름다운 강가를 달리는 기분은 너무도 상쾌했다. 아침 일찍부터 많은 사람들이 드래곤보트용선의 노를 젓고 있다. 노 젓는 속도에 맞춰 한국전쟁 참전 기념공원을 향해 뛰는 나의 발걸음도 가벼웠다. 'QUEENSLAND KOREAN WAR MEMORIAL'이라고 쓰여 있는 이정표가 나왔고, 드디어 도착했다는 것을 알 수 있었다. 케스캐이드 공원은 생각보다 넓었고, 시드니에 있던 무어파크와 마찬가지로 잘 관리되고 있었다. '영원히 잊지 않으리!'라는 한글로 된 비석과 영어로 쓰인 비석을 읽어 내려가자 엄숙한 기분이 든다. 가장 눈에 들어오는 것은 총을 메고 고개를 숙이고 있는 호주군 병사의 전신 동상이다. 가슴이 먹먹해져 그를 한참을 지켜보다 경례를 올렸다.

호국영웅 따라 세계여행

물론 해변관광휴양도시인 골드코스트에서 수영과 서핑을 즐겼고, 스카이다이빙도 즐겼다. 하지만 지구 반대편 형제의 나라에서 만난 나의 형제 조셉 노부부와 나눈 정은 나이도 국적도 없는 무언가였으며, 호주 여행에서 가장 기억에 남는 순간이었다.

이번 여행에서 오세아니아의 또 하나의 한국전쟁 참전국인 뉴질랜드에 가보고 싶었지만 일정 문제로 다음을 기약했다. 유엔으로부터 한국전쟁에 지상군 파병을 요청받은 뉴질랜드는 파병부대원 1,000명을 모집했고, 5,982명의 지원자가 몰려들었다. 엄선된 청년들에게 포병 교육을 완료한 후 장교 38명, 병사 640명으로 제16야전포병연대를 창설했다. 더불어 해군 프리깃함 호위함 2척도 미 극동해군사령부 지휘하에 참전했다. 뉴질랜드 제16야전포병연대는 영연방군의 일원으로 참전하여 가평선투와 고왕산 전투 등에서 포병화력을 담당하였으며, 연방군의 위기의 순간에는 항상 그들의 적극적인 포병화력이 작전 성공의 밑거름이 되었다. 파병된 3,794명 중 전사 23명, 부상 79명의 피해가 있었다.

호국영웅 따라 세계여행

임전무퇴의 용맹함, 리틀타이거 부대

유라시아 대륙횡단을 끝내고 귀국한 나는 호주 일정을 함께했던 죽마고우 '성구'와 함께 또 한 번의 여행을 함께했다. 그도 한국전쟁 참전국을 여행하는 나의 뜻을 함께하겠다는 것이다. 한국전쟁 당시 동남아시아 국가들도 우리를 돕기 위해 파병했다는 사실을 아는 사람은 많지 않다. 아시아에서 태국이 가장 먼저 지원의사를 표명했고, 전쟁 발발 5일 후인 6월 30일 국가의 주 생산물인 쌀 4만 톤을 제공하는 것으로 유엔 안보리의 결의에 지지를 보냈다. 유엔 회원국 중 최초로 물자지원 의사를 밝힌 것이다. 함정 3척, 수송기 편대를 지원한 태국은 6,326명의 대규모 병력까지 파병했고, 129명의 전사자와 1,139명의 부상자를 포함 1,273명의 희생이 있었다.

더운 나라 태국에서 출발한 그들은 1950년 11월 7일 부산항에 도착했고, 적들보다 먼저 싸워야 했던 것은 살을 에는 추위였다. 혹한 속에서 평양-수원 철수작전을 펼쳐 유엔군의 철수를 엄호했던 그들은 여러 전투에서 공을 세웠지만 가장 대표적인 전투는 포크찹 전투일 것이다. 다섯 배가 넘는 중공군의 인해전술에 맞서 백병전까지도 불사했던 그들은 결국 포크찹 고지를 사수했고, 임전무퇴의 정신으로 용맹함을 떨친 태국군에게는 '작은 호랑이'라는 별명이 붙었다.

1963년 한국정부와 UN이 지원해 건설한 '참전용사마을'로 방콕 인근 라민트라 지역이 있다는 정보는 알고 있었지만 정확한 주소지는 알 수 없었다. 뜨거운 방콕 거리를 헤매다 결국 택시를 이용하기로 했다. 택시기사는 정확한 위치를 모르는 것인지 모르는 척하는 것인지 꽉 막힌 도로에서 시간을 흘려보낼 뿐이었다. 방콕 도로 사정에 충격받은 우리는 다시 걷기로 했다. 온몸이 땀에 젖도록 뚜벅뚜벅 걸으며 방콕 시민들에게 수소문했고, 우여곡절 끝에 라민트라 참전용사 마을에 도착했다. 태국 국기와 태극기가 나란히 걸려있는 2층 건물이 한눈에 들어온다. 우리가 찾던 한국전쟁 참전용사 회관이었다. 2014년 완공된 이곳은 휴게실과 어린이놀이방, 도서관을 갖추고 있는 참전용사촌의 휴식 공간으로 만들어졌다.

태국군 한국전쟁 참전용사들을 만날 수 있다는 생각에 단숨에 입구로 달려갔지만 문은 잠겨있었고, 인기척이 느껴지지 않았다. 방콕 도로의 교통체증으로 우리가 너무 늦게 도착한 것인지 참전용사 분들이 모두 귀가하셨다는 마을 아주머니의 말에 너무나 아쉬웠다. LITTLE TIGER HALL이라고도 불리는 이곳은 라민트라 용사촌 생활환경 개선을 위해 14년 3월 롯데그룹의 지원과 국방부의 추진으로 건립되었다. 내부에 참전용사 휴게실이 있다고 하여 참전용사 어르신들을 만나 뵐 수 있다는 큰 기대를 하고 온 탓에 그 주변을 떠나지 못하고 해가 질 때까지 한참을 서성였다. 그때 라민트라 참전 용사촌에서 과일을 팔고 있는 트럭 한 대가 눈에 들어왔고, 허기졌던 우리는 망고와 두리안 등의 현지 과일을 맛보려고 다가갔다. 구경하는 우리를 도와주려는지 아주머니들이 관심을 보이셨고, 그녀들의 도움을 받아 과일을 살 수 있었다. 우리가 관광지가 아닌 이곳에 있는 것을 의아하게 생각하던 아주머니들께 우리가 이 마을에 온 이유를 말씀드리자 해가 떨어지면 참전용사 어르신들이 댁으로 향하기 때문에 오늘 어르신들을 만나 뵙기는 힘들다고 한다. 대신 마을 주민들과 달콤한 망고 밥을 나누어 먹으며 참전용사 분들의 근황을 전해 들었다.

호국영웅 따라 세계여행

아시아에서 가장 먼저 참전하다

　태국과 마찬가지로 필리핀이 한국전쟁에 참전하여 우리와 함께 싸웠다는 사실을 모르는 사람들이 많다. 한국전쟁 당시 필리핀군은 7,420명이 참전해 112명이 전사하고 229명이 부상을 당하는 등 많은 희생이 따랐다. 1950년대 당시 필리핀은 국내 정세가 매우 불안한 상태였다. 독립한 지 4년밖에 되지 않은데다 공산반란군 후크단과의 교전도 계속되고 있었기 때문이다. 하지만 필리핀은 우리나라의 상황을 듣자마자 곧바로 전차 17대에 이어 1개 연대 전투단을 파병하겠다는 의사를 표했다. 공산주의의 공격을 격퇴하고, 민주주의를 수호하겠다는 필리핀의 의지였던 것이다.

　참전 직전인 1950년 9월 2일, 필리핀 대대는 리잘 메모리얼 스타디움에서 첫 해외파병식을 가지고 한국으로 출발했다. 낙후된 장비와 뒤처진 훈련 수준으로 인해 미군으로부터 적응 및 전술 훈련을 받고 본격적인 전선에 투입되었고, 미군의 무기로 무장한 이들은 후방 게릴라 소탕 작전에서 활약했다. 이후 후방 게릴라 작전뿐만 아니라 최전방에서도 활약하기 시작한 필리핀군은 전곡 진상리 전투, 연천 율동 전투, 파주 설마리 글로스터대대 구출작전, 철원 에리고지 전투, 양구 크리스마스 고지 전투 등 수많은 전투에서 크나큰 전과를 올렸다.

　특히 1951년 12월 25일부터 4일간 벌어졌던 강원도 양구군 고지 전투에서 필리핀 군은 중공군의 침략을 끝까지 막아냈고, 12월 28일에는 기습공격으로 중공군을 격퇴하기도 했다. 여행지로 유명했던 필리핀, 하지만 그들은 우리가 가장 힘들었을 때 제일 먼저 도와주었던 나라였다. 전쟁이 끝난 후에도 필리핀은 전후 복구를 도울 정도로 우리

나라에 대한 꾸준한 지원을 아끼지 않았다. 안타깝게도 이런 필리핀을 휴양지로만 인식하는 사람들이 많다. 우리가 가장 힘들었을 때 제일 먼저 도와주었던 고마운 나라라는 사실을 우리는 잊어서는 아니 될 것이다. 세부나 보라카이와 같은 아름다운 휴양지를 찾는 것은 좋지만 과거 이 나라의 많은 젊은이들이 대한민국의 자유를 목숨 걸고 지켰다는 사실을 잊지 않았으면 좋겠다.

필리핀의 수도 마닐라 타귁시에 '필리핀 한국전 참전 기념관'을 찾았다. 이곳은 필리핀 참전용사들의 희생과 헌신에 감사하며 대한민국 국가보훈처의 지원으로 2012년 건립되었다. 약 3층 건물로 세워진 이곳은 입구부터 내부 전시장까지 생각보다 큰 규모로 잘 정리되어 있었고, 비교적 잘 관리되고 있었다. 정문의 태극 문양을 비롯해 한국적인 건축양식으로 지어진 이곳은 우리나라가 전액 부담하여 지었다고 한다.

내부에는 한국전쟁 당시 사용되었던 물건들과 당시 필리핀 참전용사들의 사진들이 잘 정리되어 있었다. 특히 한국전쟁이 북한의 기습 남침으로 시작되었다는 증거인 '조선인민군 선제 타격 계획'의 확대도를 잘 설명해 놓은 것이 인상적이었다. 또한 시대별 연표는 한국인뿐만 아니라 필리핀 현지인들도 쉽게 이해할 수 있도록 보기 쉽게 잘 만들어 놓았다. 하지만 아쉽게도 이곳을 찾은 한국인들은 아무도 보이지 않았다. 필리핀을 찾는 많은 이들이 이곳을 찾았으면 하는 생각과 함께 필리핀의 수많은 휴양지에도 한국전쟁 참전용사들을 추모할 수 있는 시설이 있으면 좋겠다는 생각을 해본다.

호국영웅 따라 세계여행

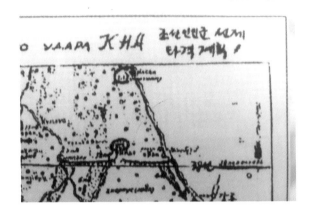

　마닐라 여행의 중심인 인트라무로스로 향했다. 인트라무로스는 옛 스페인 정복자들의 거주지로 '성의 안쪽'이라는 뜻이다. 스페인이 필리핀을 통치하던 16세기에 스페인인과 스페인계 혼혈만이 거주하기 위해 제2차 세계대전 때는 일본의 점령 기지가 되어 미군의 폭격을 받아 크게 파손되었으나 성 어거스틴 교회, 마닐라 성당, 산티아고 요새 등의 남아있는 옛 스페인 시절의 건물들은 아직도 관광객이 즐겨 찾는 관광지이다. 인트라무로스를 거리를 거닐다 관광 가이드를 해주겠다는 인력거 가이드 '마이클'을 만났다. 그의 해설과 함께라면 더 깊이 있는 여행이 될 것 같아 그와 동행하기로 했다.

　우리를 인력거 뒷좌석에 태우고 열심히 페달을 밟고 있는 마이클은 우리에게 인트라무로스에 대해 많은 것들을 설명해 주었고 한 번도 그의 입은 쉬지 않았다. 1521년 스페인은 최초의 세계일주자로 평가받는 페르디난드 마젤란이 필리핀을 발견한 이후 추가로 4번의 원정대를 보냈고, 결국 필리핀을 정복했다. 1898년 미국-스페인 전쟁에서 스페인이 패배하고 미국령으로 바뀌기 전까지 이곳에 스페인 문화는 깊숙이 자리잡았다. 필리핀도 우리가 일제강점기를 겪은 것과 마찬가지로 열강들의 지배를 받아왔다. 스페인에게 330년, 미국에게 30년, 그리고 일본에게까지. 그 긴 시간 동안 그들은 얼마나 많은 아픔을 겪었을지는 감히 헤아릴 수 없다. 하지만 이 나라의 독립을 위해 싸운 이들도 지금의 대한민국을 있게 한 그들과 마찬가지로 조국의 독립이 간절했을 것이고, 조국의 독립을 위해 많은 희생이 있었을 것이다.

마이클의 해설을 시간 가는 줄 모르고 듣다보니 시간이 금세 지나갔다. 역사 가이드라는 자신의 직업소명이 확실해 보이는 마이클은 땀에 흠뻑 젖어 있었고, 그 모습에 너무 감동받은 우리는 팁과 함께 저녁식사를 대접하기로 했다. 우리의 호의를 거절하던 그는 끝내 허름한 자신의 단골 식당으로 안내했다. 마이클과 그곳에서 자그마한 TV로 농구를 봤다. 자신이 응원하는 팀이 이기고 있자 흥분을 하는 그의 모습에서 필리핀 사람들이 얼마나 농구를 사랑하는지 느껴졌다.

식사를 마친 마이클은 우리에게 보여줄 것이 있다며, 마닐라 최대의 공원인 '리잘파크'로 안내했다. 이곳은 필리핀 독립의 아버지인 호세 리잘이 처형된 장소인데, 그는 스페인 식민통치의 폐해가 도처에서 나타나자 사회개혁운동을 펼쳤고, 결국 반 식민폭동공모 혐의로 처형되고 말았다. 그의 이름을 딴 공원이 마닐라 중심에 이렇게 크게 자리한 것을 보니 필리핀 독립사에서 그가 얼마나 상징적이며, 또한 그가 필리핀 독립의 아버지라 불리는 이유를 알 것도 같았다.

필리핀 사람들의 휴식장소로 사랑받고 있는 이 공원에 삼삼오오 모여 앉은 가족과 연인들을 보니 과거 그들의 아픔을 잊게 할 정도로 평화로워 보인다. 그때 공원 한쪽에서 태극기가 그려진 탑 하나가 나를 바라보고 있었다. 마이클이 우리에게 보여주고자 했던 것이 바로 이것이었다.

이 탑은 제2차 세계대전 당시 일본군에 의해 필리핀 지역에 강제 동원되어 희생한 한국인들을 추모하고, 참전한 필리핀군과 한국군의 우정을 기념하기 위해 만들어졌다. 수교 60주년을 기념하고자 2010년 세워진 이 탑에는 '추도와 평화 기원의 탑'이라는 이름이 새겨져 있다. 마닐라를 여행하는 여행자라면 꼭 한번 들러보기를 추천하고 싶다.

공원을 더 걷다보니 일장기가 새겨진 안내판이 하나 보인다. 분명 십만 명 이상의 민간인을 잔인하게 학살했던 '마닐라 대학살'로 인해 필리핀과 일본의 관계가 좋지 않을 것이라고 생각했기 때문에 이곳의 일장기는 의아했다. 알고 보니 2016년 일본 정부가 필리핀의 여러 시설에 태양열 전기에 관련된 프로젝트를 지원한 것을 기념하기 위한 표지판이라고 한다. 만약 이것이 필리핀에 대한 사과의 뜻이라면 왜 우리에게는 끝까지 그러하지 못하는지 의문이 든다. 일본정부가 일본군 위안부 할머니들을 비롯한 여러 피해 국가에게 과거사 문제를 정식으로 사과하고 잘못된 역사에 대해 바로잡길 소망해본다.

호국영웅 따라 세계여행

마이클과 함께 서로의 역사에 대한 이야기를 하다 보니 그의 눈빛에서 서로의 가슴 아픈 역사를 공감하고 있음이 충분히 느껴졌다. 여행을 마무리하며 이웃 나라의 자유를 수호하기 위해 참전해준 태국과 필리핀의 참전용사들에 대해 감사하는 마음을 갖는 시간을 가졌고, 자국의 평균기온보다 섭씨 40도가 낮은 한국에서 견디기 힘들었을 추위와 함께 희생하신 그들에게 마지막 경례를 올렸다.

이미 서점에는 다양한 세계여행기가 자리하고 있고, 소셜미디어상에
는 여행 영상들이 봇물 터지듯 쏟아져 나온다. 바야흐로 누구나 세계
여행을 할 수 있는 시대가 찾아온 것이다.

물론 나의 도전은 코로나 팬데믹 이전이었다. 세계여행에 필요한 정
보는 어디서든 얻을 수 있었고, 시간과 건강 그리고 금전적인 여건이
허락한다면 누구나 여행을 할 수 있었다. 실제로 여행 중 세계여행을
하고 있는 수많은 한국인들을 만났고, 여행은 남녀노소를 가리지 않았
으며 혼자, 가족, 친구 또는 연인과 함께하는 등 다양한 여행자들이 많
았다.

그렇다면 누구나 할 수 있는 세계여행의 경험담을 나는 왜 책에 담
기로 결심했을까? 내 여행이 누군가에게 좋은 영향력으로 전해졌으면
좋겠다는 생각 때문이다.

여행 중 나의 경험을 인스타그램에 게시하면 이런 연락이 오고는 했
다. "덕분에 의미 있는 곳을 찾아가보게 되었어요~ 고맙습니다!" '나의
경험이 누군가의 여행을 조금 더 의미 있게 할 수 있겠구나'라는 생각
에, 메시지를 받았을 때의 감동은 이루 말할 수 없었다. 나의 여행 방
식을 꼭 강요하고 싶지는 않지만 단 한 명이라도 치열했던 독립운동의
숭고한 정신과, 대한민국의 자유를 위해 희생한 그들을 기억할 수 있다

면 나는 그것으로 족한다. 또한 수많은 독립운동 사적지와 UN참전국을 여행했던 경험들은 나 자신과 나의 나라를 더욱 사랑할 수 있게 만들어주었고, 변하지 않는 큰 진리가 되었다.

또한 여행은 나의 남은 젊은날을 어떻게 살아갈 것인가를 제시해 주었고, 오랜 시간동안 나와 함께해왔던 트라우마를 극복하게 했으며, 내가 가진 것들을 더욱 사랑할 수 있게 하였다. 모든 여행은 돌아오기 위해 떠나는 것이라고 누군가 했던 말을 이제야 깨닫는다.

우리가 지금 살고 있는 세상은 목숨 바쳐 지금의 대한민국을 있게 한 그들이 분명 다음 세대를 위하여 꿈꾸던 세상일 것이다.

빼앗긴 조국을 되찾기 위해 희생하신 독립운동가들과 한국전쟁 참전용사들께 이 글을 바칩니다.